集英社オレンジ文庫

かなりや異類婚姻譚

蛇神さまの花嫁御寮

夕鷺かのう

本書は書き下ろしです。

CONTENTS

KANARIYA
Irui konin tan

かなりや
異類婚姻譚
蛇神さまの花嫁御寮
KANARIYA
Irui konin tan

世に、結婚は人生の墓場と云《い》う。

しかし緋鳳院櫻子《ひほういんさくらこ》にとって、それは単なるたとえ話や笑いごとではない。真実、結婚は墓穴への直通路だ。白無垢《しろむく》は経帷子《きょうかたびら》、綿帽子は三角布。守り刀は花嫁の純潔ではなく、棺《ひつぎ》の上で屍《しかばね》を護《まも》る。

十八歳を迎えた春。

櫻子は婚家の玄関先で、敷居もまたがず殺された。

両家の交わりを地紋に織り出した純白の花嫁衣装が、惨《むご》たらしくも血染めになったのは、青空に舞う桜吹雪《さくらふぶき》も美しい、昼ひなかのことである。

それも、よりによって――まさにこれから嫁《とつ》ごうという、花婿の手で。

凶刃を振るった男の名は、烏花蛇冬夜《からすかだとうや》。

帝国の黒い礼装軍服に身を包み、血まみれのサーベルを引っ提げたまま眉《まゆ》一つ動かさない彼の頬《ほお》にも、鮮やかな緋色《ひいろ》が飛んでいる。

(冬夜さま。ああ、やっぱりなんて綺麗《きれい》な人。こんな時ですら……)

地に伏したまま、傍《かたわ》らに立つそのひとを視線だけで見上げ、櫻子はぼんやりと思った。

そう、彼は美しい。そして残酷《ざんこく》だ。己が斬り捨てたばかりの許嫁《いいなずけ》を一顧《いっこ》だにしない。けれど櫻子は、そんな彼を愛していた。――櫻子一人が。たった今判明したことに、彼は櫻子を、愛してなどいなかったようだから。
（どうしてこんなことになってしまったの……？）
幸せになりたかっただけなのに。この人の隣に、いたかっただけなのに。
どうして。どうして、どうして……。霧に覆《おお》われるように次第に薄れゆく意識の奥で、
櫻子は同じ問いをただ、繰り返していた。

1

「はあ⁉」

掛け布団を弾き飛ばすように、緋鳳院櫻子《ひほういんさくらこ》は跳ね起きる。

(ちょっと……⁉)

なんだ、今のは。

どうなったのだ、己の身は。

(い、……生きて、る……？　わたくし一体……)

先ほどまで確かに櫻子は、十八年を生きたはずである。

そして命を落としたばかり。深々と胸を斬ったサーベルの冷たさも、受けた傷の熱さも、まざまざと甦《よみがえ》るくらいなのに。心臓は弾けんばかりに激しく脈打ち、額から流れた水滴が、布団の上にぽたりと落ちた。全身が汗びっしょりだ。

(ここは、お家の……わたくしの部屋？　寝巻きの浴衣《ゆかた》も、昔から縫《ぬ》い直して使い続けていた、朝顔の柄《がら》だわ)

見慣れた木目天井と、いぐさの匂《にお》いの薄れた黄色い古畳《ふるだたみ》。使い古した槙《まき》のちゃぶ台や桐の衣装箪笥《だんす》のそばには、気に入りの小物類を収める化粧箱《けしょうばこ》が置かれ、漆喰《しっくい》の壁にかけた縮緬《ちりめん》細工のつるし飾りも見える。八つのとき、白金座《しろがねざ》の小間物屋《こまものや》に母と一緒にお出かけした時に一目惚《ひとめぼ》れし、小遣いをはたいて購《あがな》ったそれは、ころんとした金魚やまんまるの白うさぎが気に入りで、十八で嫁ぐその日まで大事に使い続けた思い入れ深いものだ。

(でも)

おりにつけ、可愛《かわい》らしいものをこっそりと取り入れていくのを、楽しみにしながら暮らしてきた自室だが。見知った光景より、色々と、物があったりなかったり。つまり、捨てたはずの物があったり、買ったはずの物がなかったり……。

何よりも。

(――花嫁衣装用の反物《たんもの》があるわ)

婚約をしたその日に、冬夜《とうや》の父である、烏花蛇《からすかだ》の当主から贈られたものだ。地紋に、松食いの鶴と蛇籠《じゃかご》――お互いの家の象徴である鳥と蛇にかけた縁起《えんぎ》のいい図案を交互に織り出した、艶々《つやつや》と光を弾く真白の正絹《しょうけん》。いつかこれを仕立てた衣装を着て嫁ぐ時を夢見て、櫻子は嫁入りまでを過ごした。

そしてまさに今日が、指折り数えたその日だったはずで。反物はとうの昔に縫い上げられて、櫻子の身丈にぴったりの衣装に仕立てられていたのだが……。

（わたくし、……生きているの？　今は、いつ？　だって、どう考えてもここはあの世には見えないもの。でも確かに、さっき死んだはずよね。何がどうなっているの……？）

そして、さっきからやたらめったらに頭がずきずきと痛む。なんならお腹の辺りがむかついて嘔気《おうき》まであり、気を張っていないと、「おえっ」と醜態《しゅうたい》を晒《さら》してしまいそうだった。

しばらく何も考えられず、櫻子が、肩を上下させて荒れた息を整えていると。傍らで障《しょう》子《じ》がカラリと開く音がし、誰かが室内に入ってきた。

「あら！　よかった櫻子お嬢様。お目が覚めたのですね」

水を張ったたらいを抱えて現れたのは、緋鳳院邸に勤めていた女中の一人だ。むろん見知った仲である。

しかし……おかしい。この女中は、記憶によれば櫻子が十五になる前には、嫁ぎ先を見つけて辞めてしまったはずなのに。何も返せずにぼんやりと半身を起こしたままの櫻子のそばに「よいせ」と腰を下ろすと、女中は水を満たした桶《おけ》から手拭《てぬぐ》いを出して絞《しぼ》り始めた。

「お嬢様ったら、高熱を出していきなり倒れてしまわれてねえ。もう三日も眠っておいでしたよ。この後のご予定に響く前に起きられてよかった、よかった。具合はどうでしょうね、ご気分も。すぐにお医者様を呼びにやらせますよ」

「あの、……待ってちょうだい」

矢継《やつ》ぎ早《ばや》に言葉を繰り出しながら、さっそくに何くれと世話を焼こうとしてくれる女中の名を呼んで制してから、櫻子は「こんなことを尋ねるのは変だと思われるかもしれないけれど」と危惧《きぐ》しつつ、恐る恐る質問してみる。

「今日は、何年の何月何日だったかしら」

「あらあら、何年か、もですか。まあ、お嬢様が出したお熱は、そりゃあもう高かったそうだもの。混乱してらっしゃるのですねえ。ちょっと日めくりを持ってきますのでね、お待ちくださいよ」

よっこいせと着物の裾《すそ》を押さえて立った女中は、やがて卓上にあった、薄い油紙を束ねた日めくりを手に戻ってきた。大鵬《たいほう》七年、秋の第一月二日ですよお嬢様、と。返事と共に、それを見せられる。

「大鵬七年……」

墨《すみ》で大きく日付の刷《す》られたそれには、確かにその通りのことが書いてある。呆然《ぼうぜん》と繰り返し、櫻子は己の手を見た。――嫁いだ時に己の顔に化粧を施《ほどこ》したそれより、だいぶ小さい。

慌てて、布団から少し離れた位置にある、古びた鏡台を遠目に覗《のぞ》き込んでみる。ややきつそうな印象なのを気にしている、母譲《ゆず》りの翡翠色《ひすいいろ》の大きな目と、うねり癖《ぐせ》に毎朝悩まされている長い赤毛。紛《まぎ》れもなく櫻子の顔であるが、支度《したく》の折に見たものより、やはりずっと幼かった。

「では、わたくし今、……十歳ということ？」

「ええそうですよ！　まあまあまあ、何をおっしゃるかと思えば、まあ！　こりゃあおおごとだ。すぐにお医者を呼ばなけりゃ！　……ちょっと誰か！　奥様を呼んで！　お嬢様がお目覚めですよ！」

櫻子の台詞《せりふ》に目をまん丸にした後、女中は立ち上がって部屋を出ていってしまった。白い割烹着《かっぽうぎ》の下に、茶や黒で渋く色付けされた翁格子《おきなごうし》を身に着けた背を見送りながら、櫻子は心中で繰り返す。

（大鵬七年、秋の第一月、二日ですって……？）

なんとも面妖なことに。十歳のその日以降の出来事は、すべてが夢だったらしい。単なる夢で片付けるには、あまりに生々しく、凄惨《せいさん》な内容だったけれど。

それにしても、その日付にどことなく覚えがある気がして。櫻子は「はて」と首を傾《かし》げる。正体はすぐに思い出せた。

（……烏花蛇冬夜さまとの初顔合わせの、一週間前じゃないの！）

──では、今までの全ては夢だったのだ。その一言で片づけるには、あまりに生々しかったけれど。よりによって、まだ会ってもいない許嫁《いいなずけ》をお題に、なんて験《げん》の悪い夢を見たのだろう。

(まあ、所詮《しょせん》は夢ですものね。妙に現実味があったけれど、夢だもの。そうよ……)

いまだに早鐘を打ち続ける心臓を宥《なだ》めるように、浴衣の胸元をかき合わせつつ。

(でも、夢ったって、どこからどこまで……? いえ、日付からして、顔合わせから、なのだろうけれど……)

何が現《うつつ》で何が幻なのかと。混乱しきった頭の中を整理しがてら。

──櫻子は、今しがた見たばかりの最低な悪夢の内容と、その発端となった縁談のことを思い出していた。

*

極東の島嶼国《とうしょこく》、倭文国《しどりのくに》。

帝都の名は東京《とうけい》。五つの大きな主島を中心に、幾百もの島々を広く散りばめるその国は、常に神秘的な趣《おもむき》を帯びてきた。『千年帝《せんねんてい》』と呼ばれる、人ならざる長命を誇る至高の帝《みかど》が、まさに千年間ものあいだ在位し、統治しているためだ。

東西大陸の列強諸国に挟まれつつも、外敵を阻《はば》む海洋と結界とに囲まれている立地ゆえに、侵略にめっぽう強かった倭文国は、外交手腕にもまた長《た》けていた。

東西それぞれから少しずつ色彩を吸い上げ、細々と交易を続けてきた結果。古くには東大陸から都市区画や律令《りつりょう》などの基盤となる制度を、新しくは西大陸から洋装や建築、爵位などの様式を、それぞれ学び。在来の文化にじわりとそれらの影響を滲《にじ》ませつつ、独自の発展を遂《と》げてきたのである。

千年帝とは現人神《あらひとがみ》。宮中の聖域たる奥宮《おくみや》に座し、滅多《めった》に人前に姿を現さない。代わりに、倭文の政《まつりごと》の舵取《かじと》りは、立国《りっこく》以来、その身にかの帝のごとき神々を降ろせるものが執《と》り仕切ってきた。

人に降りる神々を、直霊《なおひ》と。直霊を宿す人間を、依巫《よりまし》と呼ぶ。

そして、代々強大な直霊を身におろし、国を支える五本の綾糸として位を賜《たまわ》る五つの華族——五綾《ごりょう》家が、千年帝のそば近く仕え、支配階級を独占してきたのである。

櫻子は、そんな五綾家の一、格式高い緋鳳院《ひほういん》侯爵家の一人娘として生を享《う》けた。

『緋鳳院の長女として、誇り高くありなさい』

『あなたは緋鳳院の正統なる血を引くただ一人なのだから、誰にも負けてはいけませんよ。

嫁ぐ前には女学校にだって入るのです。そこでもあなたが常に一番でなくては』

母の翠子《みどりこ》は常にそう言い聞かせながら、芸事も勉学も、厳しく櫻子をしつけた。舞踊やお琴《こと》の稽古《けいこ》で失敗すれば折檻《せっかん》されることもあったし、手習いや詩吟《しぎん》の覚えが悪ければ食事を抜かれることもあった。言うことを聞かなければ濡《ぬ》れ縁《えん》から中庭に放り出されて、前栽《せんざい》のツツジの陰で一晩じゅう泣いたこともある。

辛《つら》いことも多かったけれど、それでも櫻子は母に従った。翠子が厳しいのは、名家の矜持《きょうじ》を護《まも》るためだと察していたからだ。

なにせ——華族としての緋鳳院の家格が高かったのは、もはや過去の話。今となっては、五綾家の中でも末席に在すると言っても過言ではないほど、没落していたのだから。

かつて、櫻子が生まれる前には両手両足を使っても数えられない数を雇っていたという使用人は、今はもう五指に満たず。櫻子自ら繕《つくろ》い物や台所仕事に精を出すことも、日常茶《さ》飯事《はんじ》である。

そうなった理由は単純だ。もうずっと、緋鳳院は、その血筋に強い直霊を降ろせていない。弱々しい直霊しか持たない家は、だんだんと閑職《かんしょく》に追いやられていくのがこの国の不《ふ》文律《ぶんりつ》で、それは名門緋鳳院といえども例外ではなかったのだ。

（落ちぶれたとはいえ緋鳳院の令嬢たるもの、心根、志《こころざし》は高貴であらねば）

櫻子は母の意を汲《く》み、良家の子女として、精一杯気丈に振る舞った。時にこっそりと可愛《かわい》いものや甘いものを心の励《はげ》みにしながら、研鑽《けんさん》を積んできたのであった。

母に比して、当主たる父、緋鳳院巌《いわお》は名前の通りに厳格な人ではあったが、およそ家庭には無関心。しょっちゅう家を空《あ》けては、どこかで一晩を過ごしてくる。

父が那辺《なへん》に泊まっているのかを、櫻子は知らない。けれどさかしまに櫻子だけが知っていることもあった。その都度《つど》に、母が眠れぬ夜を明かしていること――刺繡枠《ししゅうわく》に通したハンカチに突き刺すように幾度も針を潜らせ、糸の運びを睨《にら》みつけては、気を紛《まぎ》らわせるふりをしていることを。「そういうものだから」の一言で己を納得させながら、夜叉《やしゃ》のような形相《ぎょうそう》で、歯を食いしばって何かを耐えている母の様子を、櫻子は、同じく眠れぬ夜を耐えながら見守ってきた。

さて。

その父は、櫻子が物心つくころ、縁談を一つ持ってきた。

――今、この倭文でもっとも千年帝に重用されている華族の血統、烏花蛇伯爵家との婚姻である。

＊

櫻子が覚えている限り、この呪われた婚姻話にまつわる最初の記憶は、わずか七歳の時である。今の櫻子は十なのだから、――ということは、これに関しては、すでに起きた現実のことのはず。

「烏花蛇冬夜《からすかだとうや》どの？　……それを、櫻子の婿に、ですって？」

「ああ。烏花蛇――まだ爵位こそ当家には満たないが、この国で、今一番勢いづいているのはあの一族だ。縁談を持ってきたのもあちらの当主からだぞ。なんでも、五綾家どうしで婚姻して、血を濃くしておきたいらしい」

「いやだあなた、正気ですか。娶《めあわ》せるって、……蛇の息子に、あの子を？　だって、うちは伝統ある鳥神の家系ですのよ」

「お前だって猫憑《ねこつ》きの筋だろう」

しんしんと更けた夜。松竹梅を描いた顔彩《がんさい》も、かなり剝《は》がれた古い襖《ふすま》の奥で。

（えんだん……って。……結婚のおはなし？　わたくしに？）

畳《たたみ》の上に座布団を敷いて向き合い、茶卓に置かれた、煤《すす》にくすんだ硝子《ガラス》のアルコオル洋燈《らんぷ》の火を絞《しぼ》りながら。ひっそりと話す、母と父の声に。櫻子は、隣室で眠ったふりをしつつ、息を殺して聞き耳を立てていた。

「悪い話ではないはずだ。なにせ、あそこの嫡男《ちゃくなん》が降ろしたばかりの直霊《なおひ》は、もう倭文中の華族という華族にとって注目の的《まと》だからな」

「まあ、それは否定しませんけれども……。それにしても、あんまりにあの子が不憫《ふびん》でございましょう。烏花蛇がいくら栄えていても、あすことご縁組を進んでしたがる五綾家がいないのが、何よりも真実を物語っているじゃありませんか。よりによって、嫁ぎ先が蛇だなんて……」

酒も入っているのか、いたく上機嫌な父に比べ、母の声は浮かない。

蛇が、蛇がと、不安げに繰り返す母の懸念《けねん》は、ひとえにその直霊の性質による。

すべて、直霊は動物の姿をとる。そして、依巫《よりまし》の体を借りて具現化した直霊を、霊獣と呼ぶ。

霊獣を降ろすと、依巫はその種に則した異能が使えるようになるのだ。霊獣の姿になりかかることを、半顕現《はんけんげん》。霊獣そのものを可視化して背後に従えることを、顕現《けんげん》という。

基本的に、霊獣の強さに、異能の性質と威力は比例する。例えば、鳥を宿す依巫が半顕現すれば、美しい声で歌ったり、飛ぶことすらできることもあり、毒持ちの霊獣が憑いた依巫に咬《か》まれれば死ぬこともある。性質の穏やかな直霊を持つ依巫の家系なら文官、荒事に長《た》けたものが憑いていれば武官の家門になるのが、この国の常だ。

狗神《いぬがみ》憑きの血筋ならば、狼、狐、大型犬から小型犬まで、その類《たぐい》に連なる色々な神が降りた。世界各国とも交易が盛んな昨今では、舶来《はくらい》の生き物が直霊になっていることもある。どの年齢でどの種類の直霊が霊獣となるかは、運と当人の潜在能力次第だ。

また、各家が引き継いでいる神の系統は、わりあいに、その家系独自の性質に影響している。猫憑き一族ならば気ままな自由人となり、狗の血筋なら誠実忠実、鳥は優美で芸事に優れ、――蛇は冷酷《れいこく》で残忍で執念深い。一般的に、そう言われている。

緋鳳院《ひほういん》は鳥神を。烏花蛇《からすかだ》は蛇神を。

その他に、狗神系統の狗紫《くゆかり》、猫神憑きの銀虎《ぎんこ》、魚を筆頭にした水棲《すいせい》の神を降ろす碧魚宮《へきなみや》。

以上五つが、五綾家である。

「考えてもみろ。烏花蛇の嫡男の降ろした霊獣は、あの夜刀神《やとのかみ》だぞ。代々の血筋の中でも最強。その眼差《まなざ》しは睥睨《へいげい》したものを石に変え、毒牙《どくが》は如何《いか》なるものも即座に死に至らしめる、有角の蛇神だ。櫻子にはまだ霊獣が憑いていないが、そちらはまあ、おいおいどうにかなろうさ。結婚相手として不足はないだろう。歳《とし》も五つしか違わない」

「それは、……年恰好《としかっこう》は、そうですし、……霊獣の格も立派ですけれど……でも……。それにあちらのご子息は、奥方にお子ができないものだから、結婚前にご当主が女中に生ませていた落《お》とし胤《だね》を、無理やり探して引き取ったのだという話じゃありませんか。よっぽど下町育ちの粗暴な男なのでは……」

「なんだそれは。お前ときたら、小うるさいことをつべこべと。異論は聞かんぞ、もう決めたのだ。先ほど、当主には櫻子の写真を見せてきた。そう悪くない反応だったぞ。もっともあちらの倅《せがれ》の方は、実母が死んだ後、祖父母と一緒に隠れ住んでいた下町のあばら家から引き取ってきたばかりとかで、今はお前の言う通りのマァひどい状態だそうだ。大急ぎで表に出しても恥ずかしくない勉学や立ち居振る舞いを身につけさせてはいるそうだが、ものになるのはもう少し先のことらしい。従軍も通例どおり十五歳を待つから、その時に会わせたいと。つまり、顔合わせは三年後だな」

「……わかりました。あなたがそこまで決めていらっしゃるのでしたら」

櫻子が眠っていると思って油断しているのだろう。あけすけなものいいで、小声で言い争う父母の声を聞きながら。

（からすかだ、……とうやさま）

寝間着の襟《えり》をかき合わせ、櫻子は今しがた聞いたばかりの名を、心の中で復唱した。

ようやく背中に届くほどに伸びた癖《くせ》のある赤い髪を、手慰みに指先でいじりつつ。ややきつい印象を与える翡翠色《ひすいいろ》の双眸《そうぼう》を数度ぱちりと瞬かせ、櫻子は淡く頬《ほお》を染める。

(どんなかた、なのかしら)

烏花蛇冬夜。

櫻子の、お婿さまになるお方。

「……冬夜さま」

今度は、聞こえない程度に小さな声で、繰り返し唱えてみる。

吐息に混じって微《かす》かに夜のしじまをゆらしたそれは、どことはなしに甘い響きを帯びている気がした。

＊

次の記憶は、櫻子が十歳の時だ。

そしておそらく、この先からが夢の話になるだろう。

——烏花蛇家の本宅で行われた、顔合わせの場。

今この国でもっとも勢いのある五綾家という話のとおり、初めて訪れる烏花蛇伯爵家邸は、それはそれは広大で立派なお屋敷だった。大袈裟《おおげさ》で仰々《ぎょうぎょう》しくすら感じられるほど高く幅のある、流行《はや》りの西洋風の鉄格子《てつごうし》の門をくぐると、丸い刈り込みのされた常緑樹の並ぶ、西洋風の前庭が広がっている。

　正面に建つ洋館の奥に、倭風《わふう》の瓦葺《かわらぶ》きの母家が続いており、さらに渡り廊下《ろうか》を進めば、大きな中庭があった。こちらの赴《おもむ》きは、倭文《しどり》のごく伝統的なもので、橋のかかった池には金や紅白斑《こうはくまだら》の錦鯉《にしきごい》が悠々《ゆうゆう》と泳ぐ。立派な五葉の松がそこかしこで腕を広げ、年中赤い猩々紅葉《しょうじょうもみじ》が、苔《こけ》の美しい緑の上にポツポツと散っていた。

　幾人も控えているらしい女中——流行に倣《なら》い、みな黒のドレスに白いエプロンのメイド姿だ——に奥まで案内され、どきどきと速まる鼓動を宥《なだ》めながら、待つことしばし。

　中庭に現れた許嫁《いいなずけ》、烏花蛇冬夜を一目見た瞬間。櫻子は、己が恋に落ちる音を聞いた。

「緋鳳院のご令嬢ですね」

　漆黒《しっこく》の礼装軍服には、金の飾緒《しょくしょ》と肩章が輝いている。従軍したての十五歳にしては、ずいぶんと堂《どう》に入《い》った仕草で。黒い軍帽を被《かぶ》ったこめかみに揃えた指をつけて敬礼し、その人は柔らかく微笑《ほほえ》んでみせた。

（なんて美しいかたなの）

　まず印象的だったのは、右目と左目の色が違うことだ。向かって右は真紅、左は黄金。人形のように美しく整った顔立ちに並ぶ、初めて見るその彩りに、挨拶《あいさつ》も忘れてまじまじと目を凝《こ》らす櫻子に、「この目が珍しいですか」と彼は笑みを深めた。

「あ、も、申し訳ございません。……ご挨拶が遅れました。わたくしが緋鳳院櫻子です。こちらこそ、よ、よろしくお願いいたしますわ！」

せっせとお小遣いをためて、今日のために特別にあつらえたのは、牡丹《ぼたん》や梅をたっぷり乗せた花車文《はなぐるまもん》を刺繍《ししゆう》した、浅緋色《あさあけいろ》の振袖《ふりそで》。そのお端折《はしよ》りを握りしめるように、慌てて櫻子は腰を折る。

どんな装いで行こうかと何日も悩んで選んだお気に入りの乙女椿《おとめつばき》のかんざしも、念入りにくしけずった髪に結えた幅広のリボンも、千鳥格子《ちどりごうし》に撫子《なでしこ》を散らしたハイカラな柄ゆきが気に入った帯も。鏡の前では、櫻子の赤毛と緑眼に、綺麗《きれい》に映えていた気がしたのに。

なんだか急に、心もとなく感じてしまう。それくらいに、目の前の少年は美しい。

（この方が、わたくしのお婿さんになってくださるの）

ふわふわと夢見心地に、櫻子は、ただただ目の前の顔を見つめた。

聞けば、赤い方の瞳には、大蛇である夜刀神特有の石化毒を含むという。力を込めて睥睨すれば、相対したものを指一本動かなくさせるというが、信じられない。毒？　こんな美しいものが？　深く透き通った輝きを秘めるそれは、櫻子の母の宝石箱にある血赤珊瑚《さんご》か紅玉か柘榴石《ざくろいし》か、何せとびきり質のいい宝石にしか見えないのに。対《つい》となる黄金すらその装飾のようで、類まれなその鮮やかさをいっそう引き立てている。

一方で、薄い唇の奥には、ひと咬みであらゆる生きとし生けるものを死に追いやる猛毒の牙を秘めているというけれど。優雅に笑みを形作るそれは、とてもではないが、そんな恐ろしいものを隠しているようには思えない。

「どうぞ緊張なさらず。今日はよろしくお願いいたします、許嫁どの」

白い手袋を外さず、差し出された右手に、櫻子はおずおずと己のそれを添えた。

互いの指先が触れ合った瞬間、胸の高鳴りとは裏腹に、ふっ……と、不可思議な影が心に差す。浮き立った気分に、湯呑《ゆの》みいっぱい程度の冷や水をかける──いわく言い難い、一抹《いちまつ》の不安のような。

（きっと気のせいね）

櫻子はかぶりを振って、その影を追い払った。

そして、礼儀《れいぎ》正しく見目麗《みめうるわ》しい許嫁との邂逅《かいこう》に喜ぶ櫻子は、その許嫁の眼が、まるで値踏みするかの如く。冷えびえとした温度のまま己に据えられていたことに、つゆとも気づかなかった。

＊

櫻子の運命にとって決定的な転機になった出来事は、十五歳の折であった。

──櫻子に、突然として、姉ができたのだ。

ある日の夕刻。ますます使用人の減った緋鳳院邸の玄関先で、櫻子は、手ずから桶《おけ》と柄《ひ》杓《しゃく》を持って水打ちをしていた。

淡茶色の羽織《はおり》に紺《こん》の着物を身につけた父の後ろから現れた、同じ年頃の少女に。櫻子の手から、水を充《み》たしたままの柄杓が滑り落ち、石畳《いしだたみ》に雫《しずく》を飛ばした。

美しい人だった。青みがかった射干玉《ぬばたま》の長い髪は、くるくると癖っ毛の櫻子と違いまっすぐに艶《つや》やかで、綺麗に切り揃えられている。瞳は、どこまでも澄んだ紫陽花色《あじさいいろ》。頭の脇に添えられた髪飾りには、白の寒椿《かんつばき》。象牙《ぞうげ》のような滑らかな肌。悲しげに伏せられた目元、口元にぽっちりと小さな美人黒子《びじんぼくろ》。

儚《はかな》げな雰囲気《ふんいき》といい、まるで地に降り立った天女のような麗しさだった。櫻子だって、そんなに悪い容姿ではないと自負していたが、彼女を見るとその自信も打ち砕かれる。

──桁《けた》が違う。

その容姿と裏腹に、彼女の身につけている着物は、ひどく寸足らずのボロボロだ。逆に言えば、着ている物に左右されないほどに、なんとも眩《まばゆ》い造形なのである。

「姉の伊織《いおり》だ。歳は、お前の一つ上の十六になる。仲良くなさい」

黙って父の後ろに立つばかりのその人を、櫻子は信じられない気持ちで見つめたものだ。こんなにも美しいのに、この人は、なぜこんなにも居《い》た堪《たま》れないような顔をしているのだろう。首を傾《かし》げていた矢先に、父から言われたのが先の言葉だ。寝耳に、水だった。

（……お姉さま？　わたくしの……？　つまりはお父さまの、隠し子ですって？）

そんなの知らない。

翡翠色の目を見張り、呆然《ぼうぜん》と立ちすくむ櫻子の隣で、母が金切《かなき》り声《ごえ》で予想通りの台詞《せりふ》を叫んだものだ。

「……私は聞いておりませんよ！　どこの阿婆擦《あばず》れ女に生ませたのです。それも、櫻子よりも歳上とおっしゃって？　……要はこの緋鳳院の長女に据えるおつもり？　ええ、なんてこと！　こんなことならあなたの悪所通いを、どんなことをしてでも止めるのだった」

「翠子……。緋鳳院の女あるじともあろうものが、この程度のことで声を荒らげて情けない。異論は認めんぞ。念のため確かめたが、わしの胤《たね》なのは事実だ。十八になれば櫻子が烏花蛇に嫁《か》するのだからちょうどいいだろう。元々分家から養子をとる手筈《てはず》だったが、もらうのは伊織の婿養子にして、家督を継がせればいい」

「そんな勝手な！　妾《めかけ》の子ごときに勝手なことを……」

(そうだわ。長女ということは、それでは……緋鳳院の家督を継ぐのは、この人ということ……⁉)

その事実に気づき、櫻子は愕然《がくぜん》とした。

今まで、緋鳳院家の長女として、ずっと気を張ってきた櫻子だ。特に、縁談が進んでからは「十八になったらお家のため、蛇神さまの血筋に嫁《とつ》ぐのだ」と、花嫁衣装のための白《しろ》無垢《むく》に仕立てる反物《たんもの》を日々眺めながら、一層気を張って励《はげ》んできた。

「そんなに庶子が家を継ぐのが気に入らないなら、烏花蛇には伊織の方を嫁がせればいいだろう。お前も最初は蛇に娘を嫁がせるのを反対していたのだから――」

言うにことかいて父がそんなことを言い出すものだから、櫻子はいよいよ目の前が真っ暗になった。

(わたくしの代わりに、この人が冬夜さまのお嫁さんになるということ？　そんなの)

あの、金と赤の左右色違いの目を持つ、美しい許嫁に嫁ぐことを。何よりの目標に、ずっとずっと頑張ってきたのに。それが希望だったのに。それがこんな簡単に、何もかも覆《くつがえ》る。

真っ暗になった後、瞼《まぶた》の裏は赤く染まった。

(許せないわ)

唇を噛《か》み締める櫻子の前で、父と母の言い争いは続いていたが、程なくして母が折れたらしい。折れるしかなかったとも言える。そうやって母は、父のいない夜を、諦めて諦めて、さほどの文句も言わずに幾度も耐え忍んできたのだから。

(ずっと我慢してきたお母さまに、この仕打ち。……わたくしにも……)

櫻子は、肝心《かんじん》の伊織にふと視線をやった。

己こそが渦中《かちゆう》の人物であるにもかかわらず、彼女はただ、俯《うつむ》いて立ちすくむばかりだ。

——いかにも気弱で、自信なさげなその様子が、なぜだか櫻子にはひどく気に障《さわ》った。


母は確かに伊織を家に上げはしたが、決して受け入れた訳ではなかったらしい。

「穢《けが》らわしい泥棒猫の子になど、緋鳳院の名はやりませんよ」

そこからの展開はひどく急だった。

——伊織のことを、母は徹底的にいじめ抜いた。

食事を抜き、着る物も与えず。自身の部屋は与えず使用人と枕を並べて眠らせ、そのほかの扱いもまるで下女と同じにする。顔を見れば頰《ほお》を張り、その度《たび》にひどい言葉で罵《ののし》った。

母の継子《まま こ》いじめはどんどん度を越していった。作らせたばかりの料理を「まずい」と何度も作り直させる。かと思えば、伊織の食事には泥や虫を混ぜる。早朝から命じて邸中の雑巾がけをさせたかと思えば、磨《みが》き終えたばかりの板床の上にわざと手桶の汚水をぶちまけ、その上から土下座《どげざ》をさせることすらあった。

そして伊織は、それらすべての暴虐《ぼうぎゃく》に、文句も言わずに従うのだ。

「……かしこまりました。お義母《かあ》さまのおっしゃる通りに」

いつも通り平伏する伊織の、家に来てから一度も変えていない、襤褸《ぼろ》のような着物の肩を。彼女が婢女《はしため》のように洗わされた、足袋《たび》のつま先で蹴《け》り。母は「おまえなんぞに母と呼ばれる筋合いはない！」と叫んだ。偶然に場に居合わせた櫻子は、首をすくめる。

「櫻子。お前もあんな汚らしい子供を姉と思うのではありませんよ」

「はい、お母さま」

日をおうごとに鬼のような表情になっていく母に、櫻子は何も言えない。そして、極め付けに母の手で頭から汚れた冷水をかけられ、ポタポタと黒髪から雫《しずく》を滴《したた》らせる伊織のそばを、わざと知らんふりして通り過ぎた。

（……当然のことだわ。そうよ。伊織がいけないのよ）

すれ違いざま、櫻子は自分に言い訳する。

（何も言い返さないし、ずっと黙って、まるで悲劇の女主人公みたいな顔でいるからダメなのじゃない。お母さまがお怒りになるのも当然だわ。緋鳳院の長女はわたくし。この家の役に立つのは自分だと、わたくしこそがずっと頑張ってきたのに。いきなり現れて、全部を奪っていこうなんて、そんな虫のいいこと）

けれど果たして――それは、伊織の咎《とが》だろうか？

伊織が家督を寄越せと、一言でも口にしただろうか。

ちくりと罪悪感が胸をさす。同時に疑問もよぎったが、櫻子は強《し》いてその気持ちに蓋《ふた》をした。そして、この異母姉が母にいじめられるだけいじめぬかれ、日ごとに憔悴《しょうすい》していくのを、全く見て見ぬふりをした。

（伊織は、たぶん商売女だった母親の血を濃く継いでしまったのね。十六でも直霊《なおひ》が降りる気配がない。なんの霊獣も持たず、なんの力も持たない、無能の常人になんて、……緋鳳院の家を守るのは無理よ）

いつしか、櫻子は母と同じように、伊織を馬鹿にしていた。直に手をあげることこそなかったが、なんなら母に追従して、言葉で、態度で、加虐を煽《あお》ることすらあった。しかし伊織は、やはり何も言わずにじっと耐え抜いてみせた。汚水を被《かぶ》っても、襤褸を着ていても、伊織は美しかった。それが余計に、櫻子の神経を逆撫《さかな》でした。

(きっと、冬夜さまの隣に並んでぴったりなのは、この人の方……)

櫻子と婚約関係にあるため、伊織と冬夜は必然的に幾度か顔を合わせている。

忘れもしない。初めて伊織を見た時に、常日頃から穏やかに微笑《ほほえ》むばかりであまり喜怒哀楽を出さない冬夜が、はっきりと驚きを顔に出していた。明らかに見とれているのがわかるその表情に、櫻子は十歳の時の己を幻視したものだ。そう、恋に落ちる音が聞こえたとて不思議ではない。それほどまでに伊織は美しいのだから。

もっとも、おそらく一瞬の気の迷いにすぎないと、櫻子は納得してはいた。思えば冬夜も、元を正せば女中の子であるのだし、あれは出自の近さから親しみを覚えやすかったがゆえの反応だったのかもしれない。現に、そののち櫻子と話した冬夜は、いつもと特に変わりないように思われた。けれど、たとえ一瞬でも伊織がその心を惹《ひ》きつけた事実は、櫻子にとって耐え難い屈辱《くつじょく》だった。彼は、冬夜は、——櫻子の許嫁《いいなずけ》なのに。

(……許せない)

彼が伊織を見つめた時、真紅と黄金の色違いの瞳が宿した、切なげな彩り。その痛ましいほどの強さを思い出すにつけ、櫻子の心臓はぐらりと煮えたぎるのだ。あんな眼差《まなざ》し、自分は一度だって向けられたことはないのに、と。

もはや櫻子が長女でなくなるばかりか、冬夜の視線すら奪われた。どうして伊織ばかり。

どうして。

（ずっと……わたくしが努力してきたのに！）

さかしまに、本来ならばなんの罪もないはずの異母姉に辛《つら》く当たっている現状が、ひどく心苦しくもなる。二律背反《にりつはいはん》に、心が裂ける。

（このままじゃいけない。でも、どうしても許せない。どうしたらいいの）

悩みながら、息苦しい毎日を送っていた矢先――それは起きた。


「伊織が、霊獣鳳凰《ほうおう》を顕現《けんげん》させた……⁉」

伊織が緋鳳院家に入って半年も経たないうちに、緋鳳院家に衝撃が走った。

「でかした！　鳳凰は龍のつがい、つまりは龍神たる千年帝の正妃となるはずだ。これで我が家門は安泰だ！　早速宮中に使いを出すぞ」

鳳凰。緋鳳院の家名の由来となったその霊獣は、鳥神の最高位に位置する。鳥花蛇の夜刀神すらしのぐ、伝説の存在だ。それを伊織が。無能の常人だったはずなのに。

大喜びして祝杯の準備をさせる父とは裏腹に、母の表情は凍《い》てついていた。心の臓が凍りついたのは櫻子も同じだ。また、伊織。……今度は千年帝の妃だと？

そこから、転がり落ちるように櫻子の状況は悪くなった。

父は伊織ばかりに気を傾けるようになり、母と櫻子は蔑《ないがし》ろにされ。その鬱憤《うっぷん》を晴らすべく、母と一緒になって、櫻子は伊織をいびった。心の中では、罪悪感よりも、だんだんと己を正当化する声が大きくなっていく。

（わたくしが正しいのよ。全部伊織が悪いんだわ。伊織がいるから！　あなたがいるから！　あなたさえいなければ！）

伊織は、強大な霊獣をその身に宿しているにもかかわらず、父に何も訴えることなく、一切の反撃をしなかった。やはり虐《いじ》められるがままに、食事を抜かれ、泥水を被り、戸外へと閉め出されたまま雨雪の中で震えながら夜を明かし、頬を張られ、足蹴《あしげ》にされ続けた。

歪《いびつ》な関係はますます歪みきって、その上に、奇妙な均衡を保つ平穏が築かれたまま、時は過ぎゆく。

——やがて、櫻子は結婚する年の、十八歳になっていた。

古ぼけた鏡台の前。

緋色《ひいろ》の伊達襟《だてえり》をつけた重たい緞子《どんす》の白無垢《しろむく》を纏《まと》い、歪み真珠《しんじゅ》の笄《こうがい》と鼈甲《べっこう》のかんざしを、結いあげた赤毛に挿し。綺麗《きれい》に化粧《けしょう》を施《ほどこ》され、仕上げに母に紅をさしてもらった己の顔を、櫻子はまじまじと見つめてみた。

端の割れた鏡の向こうから、見慣れた翡翠《ひすい》の一対《つい》がこちらを見返してくる。

(……わたくし、これから嫁ぐのね。あのかたに)

父の目論見《もくろみ》通りというべきか。鳳凰を従え顕現させたため、伊織は無事に千年帝の正妃候補に収まった。つまり櫻子は、継続して烏花蛇冬夜の許嫁であり続けることができたのだ。おかげで異母姉に先んじて、こうして輿入《こしい》れの日がやってきた。

(ええ、何も問題なんてない。もちろん晴れ晴れとした気持ちのはずよ。だってわたくし、ずっとなりかったのだもの。あのかたのための、花嫁御寮に……)

指折り数え、待ちかねた日だ。

支度《したく》した櫻子の姿を、母は手放しで褒《ほ》めてくれた。実際に目一杯めかしこみ、髪ひとすじ、指先ひとつに至るまで整えられ。常々眺めては励《はげ》みにしてきた、烏花蛇家から贈られたとびきり高直《こうじき》な反物《たんもの》で仕立てた花嫁衣装に身を包んでもいる。

そう、幸福で誇らしい。今日の主役は櫻子だ。世界で一番美しく、祝福された存在。

そのはずなのに。

(わたくしは、こんな顔をしていたかしら?)

試しに、鏡に向かってきゅうっと口の端を上げ、笑みを形作ってみる。

確かに心は躍っているはずなのに。なぜかそのまなじりは吊り上がり、夜叉《やしゃ》のようにおぞましく見えた。たとえるならば、いつか幼い日に見た、夜通し刺繍針《ししゆうばり》を運ぶ母のそれ。

(何を馬鹿なことを。……わたくしったら、きっと緊張しているせいね。生まれ育ったこの家を出るのだもの、当たり前だわ)

「櫻子さん? もうそろそろですよ。あちら様をあまりお待たせしてはいけません」

そろそろ出立《しゆつたつ》の時間だと、母が己を呼びにくる。「こんなに美しく立派になって」と涙をハンカチで拭く母に従って、慣れ親しんだ生家の廊下《ろうか》を歩く。ぞろりと長い打ち掛けの裾《すそ》を引き、綿帽子の下で唇を引き結ぶ。

娘の婚礼の日だというのに、父は家にいなかった。姉の結婚に向けての支度で忙しいらしい。おかげで、母と、たった一人の使用人だけを供に、櫻子は今日、家を出る。

裾を捌《さば》いて表通りに待たせてあった人力車に乗り込むと、後ろに続く母とともに、櫻子は烏花蛇の本邸へと向かった。

――そして。

「よくもまあ、恥ずかしげもなくその顔を晒《さら》しにきたものだ」

鉄の門をくぐり、年上の婚約者と顔を合わせた瞬間。櫻子が慕い続けたその人は、己を一瞥《いちべつ》するなり吐き捨てた。

「家の決めた結婚だと仕方なしに従ってきたが、お前を許嫁と思ったことなど一度もない。

あのひとを三年も傷つけ続けてきた罪を、親子揃ってこの場で償っていけ」

なんの話でしょうか、と問おうとした唇は、――一つの言葉も発せずに血を吐いた。

(あ、――わたくし。斬られた、のだわ)

彼の持っているサーベルが、袈裟懸《けさが》けに自分の胸を切り裂いたのだ。なるほど、それで声も出せなかった。

そんなことを、ごく事務的に考える。痛みはなかった。ひたすらに、心臓のあたりに焼けつくような熱の塊《かたまり》がある。

(ああ)

唐突《とうとつ》に悟った。

伊織を一目見た彼が、恋に落ちる音を聞いた、と。直感したこと、――あれは気の迷いなどではなかったのだと。

冬夜は、ほんのわずかでさえも櫻子など見てはいなかった。一方的に、櫻子がのぼせ上がっていただけ。たとえ同じほどの重さではなくとも、少しは気持ちを傾けてもらえているのではと、呑気《のんき》にも信じてすらいた。彼が己に向ける本心など、つゆ知らぬままに。

(そうだったの……冬夜さまは、ずっと、伊織を……。けれど伊織は、千年帝の妃になる。添い遂《と》げられるはずがない代わりに、せめてその無念を晴らそうと、ずっとこの日を……

わたくしを討《う》つ機会を窺《うかが》って……)

憎悪と軽蔑《けいべつ》を滲《にじ》ませた赤と金の一対が、倒れ伏した櫻子の上に据えられている。

(死ぬ、のね、わたくし)

赤い、朱い、あかい。

冷たい敷石の上に横倒しになったまま。じわじわと懐《ふところ》を中心に別の色に染まっていく白無垢と、頭から外れて泥にまみれる綿帽子。悲鳴をあげてこちらに駆け寄り、己に取りすがろうとした母を、彼が、同じ刀で斬って捨てるのを眺め上げながら。

幸せな花嫁御寮になるはずだった。

櫻子は、黒く塗りつぶされていく意識の中で、これから嫁ぐはずだったその人に向かって、ゆるゆると指を伸ばす。

(とうや、さま……わたくしは)

その手は、誰にも取られることなく、地に落ちる。

そこで、——やっと目が覚めたわけだ。

＊

長い夢で起きた諸々《もろもろ》の次第を思い出し終え、櫻子は深くため息をついた。

(改めて辿《たど》ってみると、徹頭徹尾《てっとうてつび》、なんって縁起《えんぎ》でもない夢なのかしら……!)

己を斬り捨てた刃の冷たさや、受けた傷の灼熱《しゃくねつ》の痛み。そして、こちらをごみくずに向けるかのごとき冷徹なまなざしで見下ろしていた許嫁《いいなずけ》の顔。

順繰りに頭に浮かんだそれらに、櫻子はぶるりと身震いする。両手で己の身体を温めるようにさすってみたが、怖気《おぞけ》はなかなか止んでくれない。

(もう!　いつまでも、なにをくだらない臆病風に吹かれているの、わたくしったら。いくら寝覚めが悪くたって、所詮《しょせん》は夢でしょう!)

幾度も自らにそう言い聞かせて気を落ち着けつつも、いまだ残る後味の苦さに、思い切り顔を顰《しか》めた櫻子だが。

――やがて母と共に入ってきた医者から、その〝夢〟について、衝撃の事実を聞かされることになる。

「いやはやおめでとうございます。櫻子お嬢さん、異能に目覚められたんですよ」

だからまあ、容体が安定したからには、おそらくは命に別状がある物じゃありません。

突然の大熱も、そのためでございましょうねえ、と。

手提げ式の薬箱から熱冷ましの薬包を出して処方してくれながら、代々で緋鳳院がお抱えにしている医者はそう告げた。櫻子が幼い頃から世話になり続けている彼は、白いふっさりした髭《ひげ》がどことなくふくろうを思わせる、小柄な初老の男性である。

「え！　わ、わたくしに？　霊獣が？」

「ええ。だってほら、まさに今。直霊様が顕現なさっておいでですよ。お肩に」

言われてバッと肩を見ると、そこには、櫻子の髪色よりもさらに鮮やかな色彩をもつ、紅い小鳥がちんまりと留まっていた。雀《すずめ》よりもやや大きいけれど椋鳥《むくどり》ほどはなく、せいぜい櫻子の手のひらにちょこんと乗る程度。それにしても、尻尾《しっぽ》の先の方だけは白っぽく染まっているが、頭のてっぺんからすっかり夕暮れ空に浸したような、見事な茜色《あかねいろ》の羽毛である。黒くつぶらな瞳がまた愛くるしい。

（これが、霊獣？　わたくしの？　……本当に？）

「まあ！　なんとおめでたいことでしょう。今日はお赤飯を炊《た》かなくては。まだ十歳なのに、霊獣が顕現するなんて。櫻子さんは、さすがは緋鳳院の長女ね。そうだわ、早く旦那《だんな》さまにもお教えしないと」

そばで話を聞いていた母は、手を打っての大喜び。さっそくに祝いの準備だと、すっ飛んでいくように部屋を出てしまった。釈然としないのは当の櫻子である。

(確かに、普通に比べれば早いのかもしれないけれど。でも霊獣ですって？　こ、この小鳥が……？)

鶏《にわとり》や土鳩《どばと》のようにありふれた鳥でこそないが、どこからどう見ても、可愛《かわい》いばかりのただの小鳥だ。顕現させたとて、どんな力があるものか。

櫻子が、クリクリした目で肩から見上げてくる小鳥を、なんとも言えない心地で見つめていると。小鳥は、櫻子の微妙な気持ちを察し取りでもしたのか、「そんなに気に食わないなら消えてやるよ」とでも言いたげに美しい声で一つ鳴くと、煙よろしく姿を消した。

──なるほど、これは確かに普通の禽獣《きんじゅう》ではない。

(気分屋な霊獣なのかしら)

首を傾《かし》げる櫻子の前で、使い慣れた聴診器で心音を測ってくれてから、医者は「わしゃ長年、緋鳳院様のおうちで診《み》せていただいてますがね、こりゃ珍しい。舶来《はくらい》ものの霊獣とは。お目にかかるのは初めてですなあ」と感心している。緋鳳院侯爵家出入りの医師なので、彼は常人ながら、霊獣憑《つ》きに詳しいとのことだった。特に鳥神の類《たぐい》には。

「色は赤。雀より少しばかり大きく、歌声は美しく姿は愛らしい……。ふぅむ、間違いなく『かなりや』ですねえ。こりゃあまた……おめでたいにはおめでたいが、当のお嬢さんにはちと難儀《なんぎ》やも知れませんなあ。顕現と同時に体調不良が出るのも、然《さ》もありなんというところです」

「かなりや?」

櫻子が首を傾げると、「話に聞く限りですが」と前置きして、医者はその性質を教えてくれた。

なんでも、『かなりや』とは、西方に実在する小鳥の種類らしい。色は、櫻子の霊獣のような朱の他に、黄金に輝く翼を持つものもいるようで、その華やかな色彩から『金絲雀』と字を当てもするそうな。迦陵頻伽《かりょうびんが》もかくやという麗《うるわ》しい声で歌い、可憐《かれん》な姿形をしているため、鳥籠《とりかご》に入れて飼われることもある。

しかし愛玩《あいがん》用だけではなく、西の方では、かなりやには一つ、重要な仕事が任されることがあるという。

「炭鉱のかなりや、という言葉がございまして」

「炭鉱の……かなりや?」

首を傾げる櫻子に、医者はゆっくりと噛んで含めるような解説をくれた。

「石炭掘りをする炭鉱には、しばしば毒を含む空気が湧いてくることがあるものでしてね。そのためあちらでは、掘り進める先頭に、かなりやを連れていくのだそうです。かなりやは繊細《せんさい》な小鳥だから、人間では察知しようのないほどのごく微量な毒であっても吸うと騒ぎ出し、なんならそのまま死んでしまう。すると坑夫《こうふ》たちも、迫りくる危険を知ることができる。そういう仕組みなのです」

炭鉱のかなりや。

果たして霊獣かなりやの力も、この実際の特質に起因するものであるらしい。

「お嬢さんのかなりやの異能も、危険予知なのですよ。依巫《よりまし》の身に迫るであろう、これから未来に起こりうる危ないことを、夢見の形で、事前に教えてくれるのです。というか、その時点では、『何もしなければ確定してしまう未来』だそうですけども」

──夢見の形で。

「え」

その言葉に、心当たりがありすぎて。思わず固まった櫻子に頓着《とんちゃく》せず、医者は話を続けた。

「顕現すると体力を根こそぎ奪うので、危険度の高い予知ほど、依巫は倒れてしまうそうですがねえ。さて、お嬢さんはさっそく何かご覧になったりなど……」

「未来ですって!?　あんなものが!?　……冗っ談ではなくてよ!?」

思わずその肩に取り縋《すが》らんばかりに、櫻子は布団から医者に向けて身を乗り出した。

（あれはただの夢ではないの!?　五年後にお父さまの隠し子がやってきたら長女としての

地位を失うわ、おまけに姉は無能の常人から鳳凰《ほうおう》を降ろして一気に緋鳳院家の地位を引き上げるからわたくしの立つ瀬がないわ、お母さまと一緒に落ちぶれに落ちぶれて、挙句《あげく》の果ては、嫁《とつ》ぎ先で姉を恋い慕《した》っていた許嫁に斬り殺されるわって、不幸に次ぐ不幸の連続が⁉　わたくしの未来ですって⁉）

悲惨《ひさん》すぎていっそ笑えてくる。「いやいやいやいやいや」と必死の形相《ぎょうそう》で櫻子がガクガクと老いた医者の肩を揺さぶっていると、彼はされるがままに頭を振りたくられながら、のんびりと「まあまあ落ち着いてくださいお嬢さん」と続けた。

「これが落ち着いていられるものですか。だって聞いてくださいましよ！　わたくしの見た夢なんて……」

「おっと、いけません」

その途端、医者はパッと身を離すと、即座に櫻子を制した。

「かなりやの見せた未来視を、人に伝えてはならないのです。ご安心ください、かなりやの予知は、まだその時点では、依巫の行動如何《いかん》によって回避できる可能性があるそうです。しかしながら、口頭でも書面でも身振り手振りでも、意図して他人に伝えてしまうと、その将来はたちまち確かなものに変わる……とか」

ゆえに、かなりや憑きは非常に苦労するのだという。

未来を垣間見る《かいまみる》という力は人の身にすぎたしろものであるため、ひとたび使えば、体調を崩してしまう。ちょうど今回、高熱を出して倒れた櫻子のように。

そして、うっかり夢に見たが最後、どんな規模の事件でも災害でも、対策は必ず依巫が単身で講じねばならない。

なぜなら、周囲の協力を仰《あお》いで、その内容を話したが最後。すべてが避けようのない定まった事実に変わってしまうのだから――と。

「も、もう一度未来を見たら、中身が変わっていたりとかそういうことは……！」

「さあ……かなりやの危険予知は、意識的に制御するのが難しいとも聞いておりますからなあ。いつ次が現れるかはわしにもなんとも。そういうわけで、櫻子お嬢さんがどんな恐ろしい予知夢《よちむ》をご覧になったかはわかりませんが……どうぞ胸一つに収めることを、このおいぼれは提案いたしましょう」

あんぐりと口を開けて放心する櫻子の肩をポンと一つ叩き、医者は「では、お大事に」とだけ気の毒そうに告げると、ひょいひょいと薬箱を片付けて出ていってしまった。

（嘘でしょう……）

あれが未来。

袖を通すのを励《はげ》みにしている花嫁衣装が、嫁いだその日に死装束《しにしょうぞく》に変わるのが。

後に残された櫻子は、何も言えずに布団の上にへたり込み続けた。

不意に込み上げる吐き気。……まずい。何がって、畳《たたみ》と布団が。

「オロローッ！」

布団から転がり出るや否《いな》や、板張りの廊下《ろうか》まで這《は》っていって思いっきりえずいた櫻子に、

「ひえっ、お嬢様!?」と、去ったはずの女中たちが度肝《どぎも》を抜かして駆け戻ってきてくれた。

＊

そこからの櫻子は、さらに熱をぶり返して寝込む羽目になった。

しかし今度は異能による不調ではない。完全に、精神的な打撃による昏倒《こんとう》だ。

（わたくし、十八で死ぬの!?　若っ！　しかも死に方がえげつない！　失恋と死が同時に来るとか！）

「ううっ……おっえ……」

高熱につぐ高熱に浮かされること、またしても三日三晩。目が覚めたら、予知夢の中の光景を思い出してまた嘔吐《おうと》。

布団の危機に備えて、枕元に醜態《しゅうたい》用のたらいを複数常備してもらった。「櫻子さんしっ

かりなさい」と母は心配し、「どうなさったんですか」と女中たちが入れ替わり立ち替わり世話に来てくれたが、理由を話せようはずもない。

（いくらなんでもひどすぎますわ……！　し、死にたくない！　それ以前に、未来予知の中のわたくし、……割と、……いえ、たいがい最悪最低の悪質性悪《しょうわる》ダメ女すぎませんこと⁉）

予知夢での死に際、櫻子の身分は長女ではなく次女となっていた。

そんなことになる原因は、十五歳の時に父に連れられて緋鳳院家にやってくる予定のまだ見ぬ異母姉、伊織である。彼女は妾腹で、平民育ちであり、実母の死後は緋鳳院家に引き取られた。嫉妬《しっと》に狂って伊織をいじめる母を、櫻子は止めないばかりか、途中からは率《そっ》先《せん》して加わっていたのだ。

まるで、お芝居に出てくるような悪女ではないか。理不尽な責め苦に遭《あ》いながらも健気《けなげ》に耐え続ける伊織の方に、許嫁《いいなずけ》の冬夜が惹《ひ》かれるのも道理である。

（まあ、それはお母さまともども成敗《せいばい》されても仕方がないわよ！　だって、どう考えても姉にはなんの非もないものね⁉）

思い出したくもないが、――あえて夢の光景を掘り起こしてみる。

嫁ぐ日の朝、鏡の中にいた、齢《よわい》十八の櫻子の顔。深緑の眼は生来きつめの印象だが、それ以上に狐よろしく吊り上がり。紅を塗った唇は、意識しても笑みを作りきれず、禍々しくひしゃげていた。それはもう底意地の悪そうな、ひどい面構《つらがま》えだったのだ。美しい装束と化粧《けしょう》ごときでは、およそ覆《おお》い隠しきれないほどに。

(それに、……)

同じ記憶によれば。——顔合わせしてから死ぬ間際まで、将来の櫻子は、見目麗しく聡明で穏やかな許嫁に、強く想いを寄せ続けていたようで。「好きだったあの人と、ついに結ばれるのね」と、姉をいじめてきた諸々《もろもろ》の所業を棚《たな》に上げつつ晴れやかな気持ちで嫁いだら、その日のうちに当の花婿から「好きなのはお前じゃない。想い人の無念を思い知れ」と心臓に一撃必殺を食らったものである。

なんだろう、その人生は。救いがなさすぎる。絶望でしかない。

(わたくしの一つ年上なのだから、姉はもうどこかで生きているのよね……。今は何もしようがないし、できたところでもちろん何をするわけもないけれど……。そして、そうであるからには、きっとこの家に引き取られてくるのも、避けようがない話なのだわ)

すん、と鼻をすすり上げると。櫻子は唇を嚙《か》み締め、それからパンっと両手で己の頰《ほお》を打った。気合を入れるためだ。

「なら、仕方ありませんわよね！」

――気持ちを切り替えよう。

そして、悲惨極まりない運命に転がり落ちず、生き延びるすべを探すのだ。

（心と体に溜まった悔《く》いと汚れは、この三日でもう全部吐き出しましたもの。まさに折のいい時機に、わたくしの元に降りてくれたかなりやに感謝しなくては。だって危険の全容がわかったからには、……わたくし絶対に絶対に、死にたくないわ！）

口から諸々穢《けが》れ的なものを吐いたので、とりあえず禊《みそぎ》は完了。そう考えよう。

五年後に相見《あいまみ》えるであろう異母姉に比べて、容色も才も気立ても劣るであろうと自覚のあった櫻子だが、この思い切りの良さだけは大得意であった。

＊

（そうと決まればどう生き延びるかですわよ……）

改めて熱が下がって、女中たちに床上《とこあ》げしてもらった後。

櫻子は、ひとり悶々《もんもん》とそればかりを考え続けた。もちろん、父母にも女中にも相談しようがない。「何を悩んでいるんですか」と女中たちは案じてくれたが、「許嫁の方と顔合わせが近いから、ちょっと緊張しているだけですのよ、ありがとう」と櫻子は笑って流させてもらった。嘘をついて心は痛むが詮方《せんかた》ない話だ。

なお、動けるようになった時点で、さらに三日を浪費している。烏花蛇冬夜との顔合わせは、わずか四日後だ。

(もう三年も前から進んでいる話ですもの。今さら破談にしてくださいなんて言えるはずないし……第一、今やこの倭文国での権力はあちらの方が上。緋鳳院から話を取り下げてもらうようにことを持っていっては、烏花蛇家の顔に泥を塗るばかりか、お父さまの立つ瀬がない……あら?)

不意に。父の立場を思いやったところで、ちくり、と胸の辺りが不自然に痛んだ気がした。なんだろうと思ったが、今考えることでもないかと頭の隅っこに片付けてしまう。

そうこうするうち、残り三日、二日と、顔合わせの日取りはますます近づいてくる。さらに準備に精を出したり、服飾を考えたりするふりをして、うんうん唸《うな》りつつ。さらに櫻子は悩んだ。——そして、前日の晩になって、やっと一つの答えを出した。

(そうですわよ。あちらから断ってもらえばいいじゃありませんの)

簡単な話だ。

予知夢《よちむ》で見た烏花蛇冬夜は、色違いの瞳を持つ、それは美しい少年だった。が、相手に一目惚《ひとめぼ》れしてしまったのは櫻子だけ。あちらの方は、そこから八年秋波《しゅうは》を送り続けても、櫻子になんの興味も示さなかったではないか。あまつさえ、五年後に現れる伊織に心を奪われていたほどだ。

(理由はなんでもいいわ。五年後までをめどに、……いいえ、なんなら初顔合わせのその時に。彼の方からわたくしを捨ててもらいましょう。望まない婚約なんてなければ、あのかただってもっと自由に恋を楽しめるようになるのだから、一石二鳥では?)

それはとてもいい案のように思われた。と、いうより、事実として他に手はない。

(それから、もう一つ。ゆめゆめ気をつけなくてはいけないのは……)

和紙で漉《こ》して宵闇《よいやみ》にほうっと柔く放たれる、行燈《あんどん》の光に透かすように。部屋に飾った桐箱の中、将来白無垢《しろむく》に仕立てる予定の白い反物《たんもの》に指を滑らせ、櫻子はため息をついた。

(わたくしこそが、絶対にあのかたを好きにならないことだわ)

よくよく考えれば、冬夜への強い想いが、色々と〝将来の〟櫻子の判断能力を鈍らせていた気がする。翡翠色《ひすいいろ》の目を伏せ、櫻子はつっと眉根《まゆね》を寄せた。

(あのかたのお顔は、かなりやの夢で存じ上げておりますものね。出会いの時点で頑張って平静を保って、恋になんて落ちなければいい。今のわたくしにならできるはずだわ。……よしっ!)

結局、服飾計画を改めて立て直す暇などなかったので、顔合わせに向かう衣装は、夢の通りの取り合わせの、浅緋色《あさあけいろ》をした花車文《はなぐるまもん》の振袖《ふりそで》に、撫子《なでしこ》を散らした千鳥格子柄《ちどりごうしがら》の帯になった。縁起《えんぎ》でもない。

そうして迎えた、初顔合わせ当日の朝。

「さあ参りますよ、櫻子さん」

「……はい」

母に促されつつ、夢の通り結い上げた赤毛に幅広のリボンを結わえ、ほんのりと薄桃に色づく乙女椿《おとめつばき》の花かんざしを挿した櫻子は、まるで初陣《ういじん》から死地に赴《おもむ》く新兵のごとき面《つら》がまえで烏花蛇邸に向かったのである。

＊

（あっ、これ。わたくし、知っている。かなりやの夢で視《み》たとおりの間取りだわ！）

烏花蛇邸に着いた櫻子は、失礼にならない程度に周囲を見回しつつ、冷静に判じた。

本当に、かなりやの見せる危険予知は正確らしい。見上げるほどの西洋風の鉄柵《てっさく》の立派な門構えも、その向こうに続く広大な前庭も。庭木の丸い刈り込みの形まで、そっくりそのまま、櫻子の知るものばかりだ。既視感《きしかん》どころではない。

とはいえ、かつて目にしているはずとはいえ、赤や黒の大理石を使った洋風の柱、艶々《つやつや》とニスの照り映える木彫り細工の階段など、吹き抜けの玄関ホオルの美しさは、現前してみるとやはり迫力がある。烏花蛇伯爵家は、今、この倭文国で最も隆盛を誇る華族——それをしみじみと実感させられるほどに。

なお、一度肩の上に顕現《けんげん》したきり、櫻子がどんなに請い願っても、当の赤い小鳥は一度もその姿を見せてはくれなかった。おまけに、あのあと往診に来た医者が追加で教えてくれたことには、「かなりやは気まぐれなたちであるから、うっかり機嫌を損《そこ》ねて臍《へそ》を曲げさせてしまったのかもしれない」という。

そもそも、かなりやはじめ舶来《はくらい》の姿をとる霊獣は、倭文古来の種に比べ、その本質がまだまだ謎に包まれた部分も多いらしく——たとえば、顕現した時の能力は危険予知なのだが、依巫《よりまし》の身に直接神が降りる半顕現《はんけんげん》では、どんな姿をとってどんな異能を発揮するのか不明であるなどだ——『ま、そのへんは、急ぐこともないので、おいおい理解を深めればよろしいでしょう。気長に待てば、かなりやもそのうち顕《あらわ》れてくれますよ』と、医者は白い髭《ひげ》を揺らして悠長《ゆうちょう》に笑ってくれたものだ。

（そうはおっしゃいましても。気長に構えようにも、……わたくし、ヘタをすると八年後には死ぬわけでして……）

ヤキモキしつつも、そこに関しても「なるようにしかなりませんし！」と割り切るしかない。「冬夜を好きになるまい」と決めた昨晩、同時に櫻子は腹をも決めてきた。

そういうわけで、予知夢の通りに倭文風に趣《おもむき》を変えた中庭へと案内され、これまた夢の通り、五葉の松の下で婚約者を待つ。

——そして。運命の時が、きた。

「緋鳳院のご令嬢ですね」

倭文国陸軍の礼装である、肩章と金の飾緒《しょくしょ》のついた漆黒《しっこく》の軍服。従軍したての十五歳の少年にしては、やはりずいぶんと堂《どう》に入《い》った仕草で。黒い軍帽を被《かぶ》ったこめかみに揃えた指をつけて敬礼し、その人は柔らかく微笑《ほほえ》んでみせた。

切れ長の、真紅の右目、黄金の左目。常人には在らざる異能を使う都合で、一般兵より長めにうなじほどで粗《あら》く切られた、闇色の艶《つや》やかな髪。すっと鼻筋が通り、深い知性を匂《にお》わせる、作り物のように秀麗《しゅうれい》な面差《おもざ》し。

挨拶《あいさつ》の台詞《せりふ》は一言一句違わず。その華のご尊顔《そんがん》も、低く穏やかな耳に心地よい声質も、予習した通りのもの。

意を決し、その顔を見つめた後、櫻子は呼吸を止めた。

（わあ。本当に、美しい方……）

実物は、記憶の中よりずっとずっと鮮やかで、魅力的で。

予知夢とはいえ一度は、ひと目見て恋に落ち、死の間際まで慕《した》っていた相手だ。わかっていても、胸が高鳴ろうとする。

（ダメダメダメ……！）

櫻子は、気力で感情の全てを抑え込み、自宅の間取りを玄関から順繰りに脳内で確認して平常心を保った。そのうち屋内を一巡したので、前庭や中庭も範囲に含める。

一秒、二秒、三秒……十秒。

（わたくし、今……恋に、お、落ち……落ちなかった！）

——耐え切った。

ありがとう自宅の間取り。いざ改めて思い描いてみると、中庭に通じる勝手口の位置がちょっと思い出せなくて、まごついたのが幸いした。

（素晴らしいわ！　さすがわたくしの理性！　これで、第一関門は突破してよ……！）

内心では、握り固めた拳をはしたなく振り回して「よし！」と快哉《かいさい》を叫びつつ。表面上はあくまで優雅にたおやかに、櫻子は指先を口元に当てて視線を俯《うつむ》けた。

「はい。緋鳳院櫻子でございます。……どうぞよろしくお引き回しのほどを。烏花蛇、……冬夜さま」

彼は手を差し出してきた。これも、覚えている通りだ。何食わぬ顔を装いつつ、おっかなびっくり握り返す。

長い指をもつ形のいいそれは、いざ触れてみると見た目よりも大きく、また鼓動が速まりかけるが、今度は脳内で間取りに続いて庭木を数え直して凌《しの》いだ。

（冷たい手。……これは覚えていなかったわ。忘れていることもあるのね）

軍支給であろう白手袋越しにもヒヤリとして、ほとんど体温を感じなかった。そういえば、蛇憑《へびつ》きは特に肌が冷たいと聞いたことがある。実物の蛇と同じく、寒さもあまり得意ではないとか。

（夢とはいえ、わたくしにもいちおう八年分、経験があるわけだし。これから色々と齟齬《そご》が出てくるのかしら）

今の櫻子は、まごうかたなき十歳ではあるのだが、ある意味では十八歳でもあるのだ。たった一度の夢だけで、自分のありようが大きく変わったような、そうでもないような。なんとも複雑な境遇である。

そういえば、かなりやの告げた最期の瞬間、櫻子と五つ違いの彼は、二十三だった。その当時に比べれば、あどけなさの目立つ、まだ十五の少年だというのが、どうにも不思議な気がした。

(余計なことを考えている暇はないわ。後は一刻も早く、この方と婚約を破棄《はき》する算段をつけなくては！　手を打つなら、きっと早い方がいいんだから)

お互いの両親が、後ろで何やら言葉を交わしている。

本人たちが顔も知らないうちから、縁組は決まってしまっているので、見合いでこそないのだが。こういう席の定石として、そのうちに「後は当人同士で」と、二人きりになれる瞬間が来るはず。

目の前で「それにしても本日は好天にも恵まれて」などと定型通りのやりとりが行われるのを、都度都度《つどつど》に微笑んでは相槌《あいづち》を打ち、聞き流しつつ。

櫻子は、適した機が訪れるのを、今か今かと待った。

＊

後はお若い当人同士で、少し中庭の散策でもされてはいかがですか。――そんな提案をしたのは、果たして緋鳳院からだったか、烏花蛇からだったたか。

何せ、「お嬢さんを案内なさい」という先方の言いつけどおりに誘ってくれる冬夜に従い、櫻子は彼の黒い背を追いかけた。

「許嫁《いいなずけ》どの。昨日の雨でぬかるんでいる箇所《かしょ》がありますから、どうぞ足元に気をつけて」

初めて出会う冬夜は、覚えていた以上に気さくな少年だった。「どこか見てみたい場所はありますか」と尋ねられたので、「では……」と珍しい庭園や建築に興味を持つふりをしつつ、櫻子は、両家の親たちが今後のことを話し込んでいるであろう母家から距離を取るようにそっと計らう。

静かな場所で二人きりになればなるほど、そして、明るい日の光の下で見れば見るほど、この婚約者は麗《うるわ》しかった。まだ少年らしさの残る顔立ちは、もう少ししたら、さらに丸みが取れて精悍《せいかん》さを増すのだろう。かなりやの見せた夢の中の櫻子は、実際に、そのまますっかりと魅了されてしまっていた。

けれど、今は。

（怖い。逃げたい。無理。死ぬ。もう死ぬすぐ死ぬ今死ぬ。目を合わせると即死する）

――時を追うごとに、冷静さによって、彼の外見由来のときめきより、じわりじわりと恐怖の方が勝ってきていた。

何よりもまず、その腰につけたサーベルがいけない。軍属となったことを示すために正装で来てくれたのだとはわかっているのだけれど、帯刀《たいとう》はできればご勘弁いただきたかった。真新しい心の傷が疼《うず》くもので。一度はまさにその凶刃《きょうじん》に、命を奪われている櫻子である。予知夢《よちむ》の中で、だけれども。

（こ、怖い……怖いけれど……怖がっていることを悟らせないようにしないと！）

相手は未来のことなど何も知らないのだ。もちろん教えるという選択肢《せんたくし》もない。「言葉にして世に出してしまうと、予知した内容が将来として確定してしまう」というかなりやの性質上、櫻子は事前に「輿入《こしい》れした日にあなたに殺されるはずだから、正直近くにいるだけで不安になります」という話をすることができない。恐れは隠し通さなければ失礼にあたる。櫻子は必死で足の震えを我慢した。

（それによく考えたら、……あの未来予知が実現してしまうと、この人は姉に秘めた片恋をしたまま、静かに全てを諦めなくてはならないのでは？）

ふと別方面の懸念《けねん》もよぎる。なにせ彼の未来の想い人は、この国で最高位にある現人神《あらひとがみ》の后《きさき》となる女性なのだ。それはそれで、心配な話だった。

心ここにあらずで、櫻子の方だけしどろもどろになりつつも。それでもなんとか、ポツリポツリと他愛《たわい》ない会話を交わしながら、連れ立って誰にも見つからない奥まった場所へと進む。

そして、頭が冷えれば新たに見えてくることもあるもので――飛石《とびいし》の上を草履《ぞうり》で静かに踏みながら、「ああ、やっぱり」と櫻子はふと納得する。予知夢の中での自分ときたら、なんて鈍くて、そして幸せだったのだろう。よほどおめでたいお花畑だ。

（このかたは基本的に、わたくしに歩調を合わせる気はないのだわ。……それもきっと、わざと）

時折、ついてきているかの確認にわずかに顧《かえり》みることはあれど、歩いているとすぐに距離が開くから、おそらく間違いないだろう。軍で鍛えている、それも五歳年上の男の歩速に、筒《つつ》状に裾《すそ》を絞《しぼ》った長着を纏《まと》った十歳の女児の足で追いつけるわけがない。上がった息を整えつつ、櫻子は嘆息《たんそく》した。

（でも、あちらだって、そんなこと十分わかっていらっしゃるはず。だからこれは、このかたが、わたくしに全く気がないことを遠回しに伝えようとしている……と考えていいのでは？）

ではきっと、櫻子の目論見《もくろみ》は成功するはずだ。これから話さねばならないことは、数日ずっと頭の中で予行演習を繰り返してきたのだし……。

「許嫁どの。お疲れですか？」

やがて、大人たちの気配がすっかり感じられなくなった頃。

相手の出方に予想がついたためか、少し気持ちに余裕が出てきた櫻子は、中庭のそこかしこで白や黄色に咲く見事な大輪《たいりん》の菊の花を眺めつつ、そういえばそろそろ重陽《ちょうよう》が近いのだったかと考えていた。気を抜いていたところに、ふと振り向いた冬夜にそんなことを尋ねられたものだから、櫻子は内心で大いに飛び上がった。

「はいっ？　い、いいえ。とっても綺麗《きれい》なお庭だなと思って……菊が盛りですのね。早咲きの椿《つばき》もたくさん。前庭でも思いましたけれど、お手入れも見事なものです」

「向こうに噴水もありますよ。父が、わざわざ西の技師を呼んで作らせたものだそうです。ただ私も、こちらの屋敷には最近出入りするようになったものですから。そうわけ知り顔で説明するのも、おかしな話ではありますが」

嘘ではない庭の感想でお茶を濁《にご》す櫻子に、冬夜は淡く微笑《ほほえ》んで調子を合わせてくれた。少し唇の端を持ち上げるその表情は、持ち前の造作の優美さも加わり、ごく自然に馴染《なじ》みやすい。また心臓がうるさく騒ぎかけるのを、櫻子はそろそろ慣れた手順で鎮めた。はいはい間取り間取り。

（それにしても、噴水ですって。すごいわ。予知での記憶にはないし、ちょっとだけ見てみたい）

あまり導入しているのを見かけない珍《めずら》かな仕掛けの存在を聞いて、櫻子は瞳を輝かせたが、一方で言葉尻に気掛かりを覚えもする。

（そういえば冬夜さまは、下町でお過ごしだったのよね。産みのお母さまが亡くなられてから、母方の祖父母に育てられていたと……）

こちらの屋敷、と自宅を呼ぶときの彼の声に、どこか他人行儀《たにんぎょうぎ》な硬さを感じてしまって。櫻子は首を傾《かし》げる。

（ひょっとして、おうちがあまりお好きではないのかしら）

詮索《せんさく》しかけて、慌てて思考を追い払う。いけないいけない。そんな個人の事情に深く立ち入っても、相手に失礼なばかりで一利もないはず。

しかし、思索にふけるうち、じっと冬夜の顔を見つめてしまっていたらしい。

「許嫁どの、どうかなさいましたか」

わずかに訝《いぶか》るような声で問われ、「あ」と櫻子は動揺《どうよう》した。

「え。あ、その」

「何か気掛かりでも？　そもそも許嫁どのは先ほどから、心ここにあらずといった風情《ふぜい》ですよね。できるだけ母家から離れようともされているご様子でした。家族がそばにいるとできない話であれば、ここはうってつけだと思うのですが」

「……！」

――気づかれていたのか。

思惑をすっかりと読まれ、おまけに、それを踏まえた上で案内もされていたらしい。予想以上に彼の手回しが良すぎて、櫻子はごくりと唾を飲む。

じっと、紅と金の一対《つい》が、こちらを見つめている。探るようなその色に、櫻子は背中から冷たい汗が噴き出すのを感じた。蛇に睨《にら》まれた蛙《かえる》という喩《たと》えがあるが、小鳥も似たようなものである。おまけに相手は蛇の中でも最強の蛇神ときたものだから。

「そ、それは、その。とう、……か、烏花蛇……さまに、ご提案が、ございますの」

なんと呼びかけよう。櫻子は一瞬迷った。

予知夢の中では「冬夜さま」と名前を使っていたが、なんとなく、それを踏襲《とうしゅう》するのは験《げん》が悪い気がする。と、いうよりも、何か一つでも、あの嫌な記憶と現実とで、相違点を作っておきたかった。

「提案、とは？」

モゴモゴと口を動かす櫻子に、冬夜はこと、と首を傾けた。年相応の幼さが混じる動作と裏腹に、その色違いの瞳は静謐《せいひつ》で冷たい。

「えっと、わ、わた、わたくしたち」

「私たちが？」

「こ、こ、こここ」

「こ？」

心臓が破裂しそうだ。肋《あばら》の内側を強打するようにどくどくと脈打ったそれが、痛い。

（ええ、ままよ）

意を決してわななく唇を御《ぎょ》し、開く。そして。

櫻子は体の脇で、グッと双方の拳を握り固める。

「このご縁、……なかったことにしませんこちょ⁉」

――焦るあまり、肝心《かんじん》のところで思いっきり噛《か》んだ。

気を張りすぎて予想以上に大声も出た。どのくらい大声かといえば、己の声に驚いた雉《きじ》鳩《ばと》が、赤芽樫の前栽《せんざい》の陰から一羽追い出されてきたほどだ。鳩、ごめん。

（やってしまった……）

真っ赤になった顔を隠すように、櫻子は両手で覆《おお》った。

おまけに、あまりに真正面から切り出しすぎたものである。五指の隙間《すきま》から恐々と窺《うかが》い見た冬夜の両目が、驚きに瞠《みは》られていた。然《さ》もありなん。

しかし、虚を衝《つ》かれた彼の表情は、穏やかで奥の読めない笑みを張り付けている時よりも、ずっと親しみが持てると櫻子は思った。これはこれで、よかったのかもしれない。

「……ほう？」

もっとも、彼はすぐに落ち着きを取り戻したらしい。まんまるに大きく見開いていた眼は元の切れ長な形を取り戻し、さも愉快そうに唇が笑みを作る。——もっとも、瞳はちっとも笑ってはいなかったが。

「それは、……崇高《すうこう》な鳥神憑《とりがみつ》き筋の許嫁どのとしては、卑賤《ひせん》な生まれ育ちの毒蛇の妻になるなど願い下げだ、と。……そういう理解でよろしいですか？」

続けて、酷薄《こくはく》に歪んだ唇から、全く予想外の台詞《せりふ》が飛んできたので。言われたほうは一瞬、時間が止まる。

（……え？）

今度は櫻子がポカンとする番だった。

「いえ、全然違いますけれど」

右手を横に薙《な》ぐ仕草付きで、ビシッと否定を示す櫻子に、冬夜は柳眉《りゅうび》をひそめる。

「ですが、先ほどの言葉は、そういう意図を下敷きにしたものでは？」

「ですから、どこをどうしたらそんなろくでもないお話になるんですの。わたくし、今は、まだそんなに性悪《しょうわる》ではございません。第一、よろしくて？　これは大前提なのだけれど、烏花蛇さまは、大変に魅力的なお方です」

「……はあ」

「それはもうどれくらい魅力的かと申しますと、わたくし、お見かけした時から平常心を保つために、自宅の間取りを数えておりましたもの」

「間取りを」

「ええ間取り。勝手口から土間にかけての位置と、庭木の数と配置がいくつかおぼつかなくて命拾いいたしました。それがなければ、今頃とっくにあなたにくびったけに熱を上げていると思います」

「は、はあ……」

間取りを示す身振りを交えて、こんこんと諭《さと》す櫻子は気づかない。話を聞く冬夜の目が、完全に点になっていることに。

「ですが許嫁《いいなずけ》どの。私は下町の育ちですし、……それも半ば貧民窟《ひんみんくつ》や非公認の色街とめりこみあっているような、治安の悪い辺境です。今こうして貴女《あなた》に接している言葉も仕草も、全て付け焼き刃にすぎないことは、おそらく緋鳳院のご当主からお聞き及びでは？」

ややあってから、調子を取り戻して「待った」をかけてくる冬夜に、櫻子は「ええ？」と眉根《まゆね》を寄せる。

「だとしたらどうかなさって？　今現在わたくしの目の前にいるあなたが素敵なのだから、もう十分じゃありませんの。第一、短期間で言葉や所作《しょさ》を磨《みが》いてらっしゃるとすれば、相応に努力されたという証拠。それは欠点ではなくむしろ美点と呼ぶべきものです。違いますかしら。もちろん、血筋や生まれ育ちだとか、元々のあなたがされていた仕草や言葉遣いが、悪だと申し上げているわけでもなくってよ。あなたが、身につけようと決めたことを、きちんと遂行《すいこう》されている事実への賛辞です。お分かりいただけて？」

「……それは、どうも……？」

「というわけで、あなたがとても素敵で魅力的なことはもう大前提ですので。そこを否定されると話が進みませんので、ひとまず横に置いておいて」

「おいておいて」

再び呆気《あっけ》に取られたように鸚鵡返《おうむがえ》しにされても気にも留めず、櫻子は「置いておいて」のところで何かを持ち上げて脇に寄せるような手振りを交えながら、さっさと議論を進める。余計なところで話の腰を折られると先に進めない。戻りが遅いと心配されて、女中か誰かが呼びに来るまでが勝負なのだ。

「あなたの魅力度が高い山脈だったとしたら、わたくしは、……そうですわね、なだらかな丘から平地、なんなら少し凹《へこ》んだ盆地ぐらい。要するに、十人並みの平均値かそれ以下です。ですから、あなたがわたくしに惹《ひ》かれる可能性なんて、きっと限りなく低いと思いますのよ。でも、今日は間取りのおかげでわたくしも正気を保てましたが、残念ながらうちの間取りにも限りがございますし、今後そうである保証はないわけでございまして」

「……間取りにも限り……なる、ほど……？」

冬夜はすっかり聞く態勢に入ったようで、顎《あご》に手をやって相槌《あいづち》を打ってくる。色違いのその目が、どうにも面白がるような気色を帯びていることに、必死に言葉を紡《つむ》ぐ櫻子は気づかない。

「で、将来的に、そんな魅力度山脈のあなたが心からお好きになれるような、魅力度海原《うなばら》の素敵な女性が今後現れるようなことがあって。あなたが、『ああやっぱりそちらがいいな、うちの盆地な許嫁は返品したいな』と思われた時に、婚約が継続していたら、わたくし、ひょっとしなくても追い縋《すが》ってしまうかもしれません」

だから、転ばぬ先の破談が妥当《だとう》ではないかと考えております、と。

話しながら、失敗への恐れや今後への緊張のあまり、櫻子はだんだん己が何を話しているのかわからなくなってきた。頭がしっちゃかめっちゃかになり、ぬるついた汗が絶えず手のひらに滲《にじ》む。

「あなたが他に愛する女性を作られたら、その時のわたくしは、きっととてもみっともなく嫉妬《しっと》するでしょうし、血も涙も品性もない行動に出るかもしれないでしょう。つまりその……それは……よろしくないと！　思いますのよ！」

力一杯主張したのち、翡翠《ひすい》の眼に期待を込め、自分よりだいぶ高い位置にある赤と金を見上げる。神妙な顔で――そう神妙だ、一瞬笑いを堪えているように見えたのはきっと気のせい――耳を傾けてくれていた彼は、「おっしゃることは理解しました」と首肯《しゅこう》した。

「許嫁どののお考えはこうですか？　とりあえず貴女にとって私が魅力的な人物であって、それが事実であるかはさておき、ご自分が釣り合っていないように思われるから、私が貴女を愛することはないだろうと。そうすると不幸が生まれるから、あらかじめそのような事態に陥《おちい》っていない今のうちに、婚約を破棄しておくのが妥当である、と」

「はい！　さすが烏花蛇さまです！　まったくその通りですわ。幸いにもわたくし、それなりに分は弁《わきま》えているつもりです。あなたに不誠実を働いたり、その輝かしい将来を妨げることになるのは、望むところではございませんの」

実際のところは――詳細はさておき、これから出てくるだろう問題は緋鳳院家だけに存するものであるからして、烏花蛇家の彼を巻き込むのは本意ではない、というのが正解だ。ただし、そこまで話してしまうと、未来予知にどういう影響が出るかはわからないので、グッと我慢する。

「ほう。……なるほど？」

やや間を置いて、一つ頷《うなず》きを返した後。

冬夜は顎から手を離し、不意に櫻子の顔を覗《のぞ》き込んだ。急に近くなった距離に、櫻子はぎくりとする。

「では許嫁どの。私から一つ質問をよろしいですか」

「？　はい」

「許嫁どのは先日、霊獣を顕現《けんげん》させたばかりだと聞いています。そのようなことを出合《であ》い頭《がしら》におっしゃるのは、貴女の霊獣に何か関係が？」

「いいえぇ⁉　全然⁉　ちっとも、何も⁉」

いきなり図星な内容を問われ、答える声がひっくり返る。

こんなにあからさまに慌ててびくついては「その通りだ」と告白しているようなものなのだが、櫻子には残念ながらそこまで気が回らなかった。一方で冬夜は、当然ながら、その反応から何かを察したらしい。再度頷くと、「……なるほどね」と視線を横に流す。

（よかった！　わかっていただけたのだわ！）

「ありがとうございます！　では早速……！」

「それを踏まえた上で、今度は質問ではなく反論ですが」

パッと顔を明るくして食い気味に身を乗り出した櫻子の、言葉の続きを遮《さえぎ》るように、冬夜はにっこりと微笑《ほほえ》んでくる。華やかなその表情に、櫻子はキョトンとした。

（は？　反論？）

――しかして〝反論〟の内容は、実に単純だった。

「許嫁どののご懸念《けねん》ですが。私が貴女を愛するようになれば、何も問題ないのでは？」

「え」

あっさりと告げられ、どんぐりのように目をまん丸にした櫻子は、ぱかりとはしたなく口を半開きにしてしまった。

「……ふ、っ」

数秒経ってやっと間抜け面《づら》に気づけたのは、こちらを見下ろしていた冬夜が盛大に噴き出したせいだ。そのまま顔を背け、「失礼……！」と白手袋で口元を押さえて肩を震わせる彼の前で、依然として櫻子は呆気に取られていた。

「お、お待ちくださいませ！　その反論はおかしいですわ」

「おかしくはないですよ？　少なくとも、理屈としては」

予想外の方向に話が転がり始めた。

（ま、まって）

その返されかたは対策していない。というより、櫻子の容姿や年齢を一目見たら、「まあそうだろうな」と納得してくれると思っていたのだが。櫻子は大いにうろたえた。

「で、でもっ……！」

とりあえずなんなりと反駁《はんばく》せねばと口を開くが、後が続かない。一方の冬夜は、落ち着いたものだった。

「先ほどのお話、少なくとも私には、あくまで『いずれ』が冠について『かもしれない』で締めるような、特段火急の由《よし》ではないように感じられましたが。緋鳳院、烏花蛇両家のためにも、すぐに破棄してしまうと、別の混乱を招く可能性がありますね。しばらく様子見できるなら、そうした方がいいのでは？」

「うっ」

何か言い募《つの》ろうにも、こうしてピシャリと先を制されてしまう。おまけにそちらの主張の方がずっと正鵠《せいこく》を射《い》たもので、櫻子はぐうの音《ね》も出ない。

うぐぐ、と焦りと悔《くや》しさにほぞを噛《か》む櫻子に、ふっと両目を和《なご》ませ。「それに」と冬夜は続けた。

「正直な話をしましょう。個人的に、私はこの縁組、まったく乗り気ではなかったんですよ。ですから先ほど、破談にしようと貴女がおっしゃった時、渡りに船のはずだったわけです。……というか、気づいておいでてしたでしょう？　こちらにご案内するまでの、私の意図に。許嫁《いいなずけ》どのも」

「え……？　あ」

――そういえば。

ここに来るとき、冬夜は歩幅の違いを気に留めずに、まだちょこちょことした速さでしかついていけない櫻子を、さっさと置いていくようなそぶりを見せていた。

「あれは、やっぱりわざとでしたのね」

「ええ。そうすれば、気分を害して、遠ざけてもらえると思いましたので」

目を細めて冬夜は笑う。

意図が読めずに櫻子は目をぱちぱちと瞬いた。

「ええと、どうしてですの……？」

「申し上げた通り、私は庶子ですから」

下町の祖父母のもとから半ば無理やり引き離され、烏花蛇家に連れてこられてからというもの、夜刀《やと》を発現させるまで、冬夜の発言は何を言おうとほとんど聞き入れられることはなかった。今も従軍したばかりでまだ立場が弱く、気乗りしない縁談を断れるほどではない。

ゆえに賭《か》けに出ようと思った、と冬夜は語る。

一般的に蛇の血筋は、その身に宿す直霊《なおひ》の力が強ければ強いほど、冷酷《れいこく》で残忍で、執念深い性質が強くなると言われる。ただでさえ下賤《げせん》な育ちからの成り上がりなばかりか、凶暴な夜刀憑きの冬夜との婚姻など、いにしえより続く鳥神一族の一人娘にとって、さぞかし気の重いものだろう。なんなら生贄《いけにえ》に立てられる心地かもしれない。

さかしまに冬夜の方も、矜持《きょうじ》が高いといえば聞こえはいいが、おそらく高慢で鼻持ちならない少女が来るのだろうと予想していたのだと。なんでもないように彼は言う。

「というわけで。私から破談に持っていくより、私の態度を理由に緋鳳院に断ってもらう方がいいのじゃないかと、ね。奇遇にも私たちは、同じことを考えていたようです」

この話に、櫻子は喜色満面《きしょくまんめん》で飛びついた。

「ええ、ええ！　烏花蛇さまのおっしゃる通りですのよ。わたくしはまさに、とっても高慢ちきで鼻持ちならない、お裁縫《さいほう》も苦手で算学も不得手なちんちくりんでジャリジャリの子どもですわ！　で、あるならば、なおさらこのお話はなかったことに……！」

このまま一気に、と前のめりになった櫻子は、「ですが」と続く冬夜の言葉に勢いをくじかれた。

「気が変わりました」

「へ？」

首を傾《かし》げる櫻子に、「時に許嫁どの」と冬夜は話題を転じる。

「私が不快な真似《まね》を、おまけに意図的にしたとわかっていたのに。この話を取り消すための理由づけに、それを使わなかったのは、なぜですか？　格好の材料に思われますが」

「なぜ、って……」

　確かに、わざと遠ざけたり、不満を覚えさせようとしていることは察していた。けれど、どうしてそれを動機にしなかったかといえば。

「そんなのお門違《かどちが》いじゃありませんの」

　唇をへの字に曲げる櫻子に、冬夜は「……お門違い？」と繰り返した。

「だってそうでしょう。婚約をやめたいのはわたくしの事情なのに、そのためにあなたの態度をあげつらったり、悪意を持って利用するのは道義的に変ですわよ。わたくし卑怯《ひきょう》は嫌いです」

「ほら」

　く、と喉《のど》の奥を鳴らすように笑い、冬夜は肩をすくめる。

「そういうところですよ」

「そういうところとは？」

「許嫁どのに興味が出たと言っているんです」

「え……」

　本日二度目の顎《あご》を落とし、櫻子はしばし絶句した。

やっと絞《しぼ》り出したのは、てらいのなさすぎる本音だ。

「あの……！　わた、わたくし、こ、……困るのですけれど……!?」

「ええ。どうぞ？　困ってください。自分のせいで貴女《あなた》が困ってくれるのは、なかなか愉快な気分です。こんなことは初めてですよ。悪くないものですね」

にこにこにこ。どこまでも朗《ほが》らかな笑顔なのに、その顔が、先ほどの張り付けたような作り笑顔から一転、心から楽しんでいるような様子に変わっているもので。

櫻子の方は、ただただ、混乱するばかりだ。

両手を意味もなく動かしたり、泡《あわ》を食って赤くなったり青くなったりしながら、どうにかこれだけ絞り出した。

「……条件！　条件をつけさせてください！」

初日で婚約破棄に漕《こ》ぎ着けるのは難しいとしても、今後の可能性までは潰したくない。何せ櫻子は生き延びたいのだ。輿入《こしい》れと同時に殺される未来などまっぴらごめんである。

必死の形相《ぎょうそう》で挙手すると、「ふむ」と冬夜は首を傾けた。

「聞くだけは聞きましょうか」

「もし、烏花蛇さまが将来的にわたくしのことが邪魔になったら、即そのようにおっしゃってください。そして、適切かつ迅速《じんそく》に捨ててくださいませ！　どうぞぜひに！　本当にぜひに‼」

「……少々物言いに不服はありますが、了承しましょう。代わりに私からも一つ条件をよろしいですか？」

にゅうと長い人差し指を鼻先に突きつけられ、櫻子はつい身を反《そ》らせた。

「ど、どうぞ……」

「名前」

「はい？」

「烏花蛇は家名です。私自身の名前でお呼びいただけるとありがたいですね」

よりによってな指摘が来たので、櫻子はひくりと頰《ほお》を引き攣《つ》らせた。できれば下の名呼びは避けたいと思っていた矢先だ。

「ぜ、善処……しますわ……？」

「ええ、それこそぜひに。私も許嫁どのではなく、櫻子さんとお呼びしても？」

「……あ、はい……ご自由に……？」

なんだろう。ぐいぐいと積極的に詰められる距離感に、櫻子は思わず後退りする。にっこりと雅《みやび》に微笑《ほほえ》む冬夜の顔は、やはり変わらず美しいが、先ほどよりもどこか悪戯《いたずら》っぽく楽しそうな気色が滲《にじ》んでいて。

——こんな顔も、するのか。予知夢《よちむ》の中ではついぞお目にかかれなかったその様子に、櫻子は目を白黒させっぱなしである。

（この展開は予想してなかったのですけれど……！）

緋鳳院櫻子、十歳。

——予知夢を回避するまでの道のりは、まだ遠そうである。

＊

かくして、顔合わせはつつがなく幕を閉じた。が、櫻子の計画の方は、全くつつがなく終わらなかった。

（……どうしたものかしら、これは）

そろそろお時間ですよと、中庭まで女中が呼びに来た後、仲睦《なかむつ》まじそうに連れ添って戻ってきた櫻子と冬夜を見て、両家の両親はいたく喜んだ。もっとも、櫻子の方は笑顔を取り繕《つくろ》っていたものの内心は動揺しきりだったので、あくまで仲睦まじ「そう」止まりの話ではあるのだが。

どうしよう、どうしたものか。——半ば気絶しながら烏花蛇邸を辞した後、緋鳳院の自宅に戻ってくるまでの記憶がほとんどない。我に返った時にはもう見慣れた玄関だった。

（……って、いけないいけない。一度の失敗で凹《へこ》むものでもないわ。気をしっかり持ちましょう。何も今日、婚約が解消できなかったからといって、即座に死に直結するものでもないのだもの）

その晩。フリルのような縁飾りのついたすり硝子《ガラス》のアルコオル洋燈《ランプ》の灯りを絞りつつ、自室で再び白無垢《しろむく》用の反物《たんもの》を眺めおろしながら、櫻子は一人悶々《もんもん》と思案した。

（わたくしの言動の何が、あのかたの興味を引いてしまったのかはわからない。けれど、それはおいおい探っていけばいいし……むしろ探らないで距離を置いて、あちらさまに飽《あ》きていただくのもいい手かもしれませんわね。とにかく、不要な接触さえ避ければしばらくはどうにかなるわ。きっとこれから、作戦を立て直す時間も取れるはずよ）

何せ向こうは、今をときめく烏花蛇伯爵家の御曹司《おんぞうし》。こちらから訪問の約束を取り付けない限り、そうそう顔を合わせることもないはず。

（よし！　ということで、寝ましょう！　ええ本当……今日はとっても疲れたわ）

そうして、櫻子はいささか楽観的な気分で、いそいそと布団に入った。冬夜対策は、次の顔合わせまで時間をかけてじっくり考えよう。まずは心身ともに休養が肝要《かんよう》だ、と。

そのまま、すやすやと枕を高くして朝まで眠った櫻子だったが――見込み違いは、翌日早々に出来《しゅったい》した。

＊

「お帰りなさいお嬢様。烏花蛇冬夜様が後ほどこちらにお寄りになるようですよ」

「ただいま戻……は？」

尋常小学校から戻ってきたところ、ちょうど緋鳳院邸の門前を掃《は》き清めていた女中が出迎えてくれた。そのまま朗らかに告げられた言葉に、櫻子は思わず学習鞄《がくしゅうかばん》をぼとりと地べたに取り落としてしまう。

「あの、今なんて」

「ですから許嫁《いいなずけ》のかたが、お顔を出されるようですよと。なんでも軍でのお仕事が早く終わる日なのだそうで。先ほどお電話がありまして、特にもてなしの準備などは気にしないで欲しいと。まめなかたですよねえ」

大事なお勉強道具を取り落としちゃだめですようと櫻子を窘《たしな》めがてら、女中は落としたものを拾って土を払ってくれた。「ありがと……」と呆然《ぼうぜん》とお礼を言いつつ、櫻子としては今なお混乱の極《きわ》みである。

（あのひと、来るの⁉　ここに⁉　今から⁉　……なんで⁉）

最大の疑問は最後の一点、「なんで」だ。

「なんでも『許嫁どののお顔を見ておきたい』とのことですよぉ。さすがお嬢様、初顔合わせから昨日の今日で、さっそくガッチリお心を摑《つか》んでいらっしゃいますねえ！」

こちらの心中を読み取ったかのように女中は教えてくれた。染まった頰を両手で押さえて「素敵ですねえ」とはしゃぐその喜びようは、まるで我がことであるかのようだ。気遣いはありがたいのだが、事情もちの櫻子としては酢を飲んだような顔になる。

「……あの。わたくしちょっ……と、教室に忘れ物をして急遽《きゆうきよ》取りに行くのでお会いできないと丁重にお断りさせていただいて」

「ええ？　そんな。せっかくいらっしゃるのに」

「それがとっても大事なものなの、ええそうね本当に残念ですわとお伝えして！　じゃあわたくしこれで……」

早口に思いつきの嘘八百を並べてから、くるっと踵《きびす》を返しかけたところで、己の来た方向からふと影がさす。

「おや、学校に忘れ物ですか？　よろしければお付き合いしますよ」

そして、昨日聞いたばかりの穏やかな声がそれを追い、櫻子は致命的に出遅れたことを悟った。

「こんにちは……か、烏花蛇……冬夜さま」

「はい、こんにちは。昨日ぶりです、許嫁どの。ではなく、櫻子さん」

赤金二色の双眸《そうぼう》、作り物めいて整った白皙《はくせき》の面《おもて》や、そこに浮かぶ微笑みは初対面時どおりだが、本日は礼装ではなく普段使いの略装のようだった。黒い軍服の意匠《いしょう》は、帝都防衛を担《にな》う士官候補生特有のものだ。そういえば昨日の挨拶《あいさつ》時、今は軍学校に在籍し、勉学と訓練に励《はげ》んでいる最中だと話していたような。……その後の計画のために始終上の空だった櫻子は、申し訳ないことにあまり記憶にないのだが。

「忘れ物はよろしいのですか？」

金刺繍《きんししゆう》のある軍帽を取って微笑む許嫁の姿に、ごく、と唾《つば》を飲みつつ。櫻子は、「あ、はい……よく考えたらそう大切なものでもなかったように思いますので、お付き合いいただくほどのことでは」としどろもどろに断る。

「それよりも、本日はどのようなご用件ですかしら……」

「いえ、電話でお伝えした通りです。貴女《あなた》のお顔を拝見しに。それから、こちらを」

十五の男である冬夜と十の女児たる櫻子では、身長に結構な差がある。上目遣いに恐る恐る尋ねる櫻子に、冬夜はひょいと手にぶら下げていた何かを差し出した。反射的につい受け取ってしまう。見れば——若草色の鳥《とり》の子紙《こがみ》に包まれた、四角い何かだ。茶色の紙紐で十字に持ち手がかけられ、上からくるりと朱で店印の捺《お》された熨斗《のし》が巻かれている。

その見た目と大きさと、ふわんと鼻先をくすぐる甘い香りに、櫻子は覚えがあった。

「あの、これっ！　もしかしなくても、『明花堂《めいかどう》』のカステイラではございませんこと……!?」

「ああ、そういう店名でしたかね。確か」

翡翠《ひすい》の目をまん丸にして、しげしげと、広げた両手のひらの上に鎮座するそれを見つめる櫻子に、冬夜は「よく知っていますね」と首を傾《かし》げている。

（でしたかね、って！　通常なら、朝には売り切れてしまう超人気商品なのに……！）

信じられない思いでそう言うと、「菓子屋の女主人に尋ねたら、奥から一つ余っているよと出してきてくださいましたよ」と答えがある。突如現れた類を見ない麗《うるわ》しさの士官候補生に、女主人のぽうっと見惚《みほ》れるさまを、櫻子は容易に想像できた。さすがの顔面後光《ごこう》、威力凄《すさ》まじい。

おまけに彼は、にっこり笑んだままこんな風に続けるものである。

「軍学校にいる幼馴染《おさななじみ》の同期に、会ったばかりの許嫁どのと親しくなるにはどういう手を使うのがいいのか相談したら、とりあえず一にも二にも贈り物をしろと勧められたもので。

店もそいつの勧めです。カステイラか金平糖《こんぺいとう》どちらにしようかと迷ったのですが、これが一番の人気商品だと」

「……」

あまりに直截《ちょくせつ》にすぎる物言いなので、櫻子は返答に窮《きゅう》した。そういうことをあっさり言わないでほしい。

「ええと、その二択なのはどうして……」

「私の好物なんです」

「……っ」

貴女もお好きならいいなと思って買ってきました。冬夜はなんでもないようにからりと笑った。櫻子の方はもう、赤くなるやら頭のてっぺんから湯気が立ちそうになるやらで、どうしたものかわからない。

「ええと、……その、甘いもの、お好きですのね……少し意外です」

かろうじてそれだけ絞《しぼ》り出すと、「ああ」と冬夜は納得したようだ。

「基本、蛇憑《へびつ》き筋の人間は呑兵衛《のんべえ》ですからね。確かに父なんかは甘味が苦手と言っていたっけ。私も酒はそれなりに強い方にあたりますが、甘いものもそれ以上に好きなんです」

「……そうなんですの。わたくしもカステイラ、大好きです。ありがとうございます」

値段的にも機会的にも滅多《めった》に口に入らない、珍しいお菓子に、櫻子はついついほわほわと絆《ほだ》される。何せこのところの櫻子のおやつなんて、せいぜいが煎《い》り豆《まめ》かあんこ玉か。豆大福や草餅《くさもち》でさえ珍しいくらいなのに。

大切そうに捧げ持った菓子に熱視線を注ぎながら、頰《ほお》をほんのり染める許嫁の様子に満足したのか、「お好きでしたらよかったです」とホッとしたように言うと、冬夜は軍帽を被《かぶ》り直す。

「では私はこれで」

「えっ」

そのまま当然のようにその場を辞そうとするので。驚いたのは櫻子だ。

「もうお帰りになりますの⁉」

「はい。こちらを渡すまでが用事でしたから」

「けど……」

対策を考える時間を作るため、なるべく冬夜と距離を置きたい櫻子としては、ここで彼が消えてくれるなら願ったり叶ったりのはずだ。ただし、そうすると良心がしくしくと痛むのである。

（だってこの明花堂のカステイラは！　このかたはご存じではなかったようだけれど、本来なら、本当に本当に手に入りにくいものなのよ……！　そして今、カステイラがお好きだって！）

このまま黙って見送るのはどうにも気が咎《とが》める。眉根《まゆね》を寄せる櫻子を不思議そうに窺《うかが》う冬夜を前に、迷うこと、瞬き数度分。やがて軍帽のつばを下げ、「では」と再び去ろうとした冬夜の肘を、櫻子は「おまちになって！」と指で摘《つま》んで引き留めた。

「あの。よ、よ……よろしければ、このまま少し寄っていかれて、一切れなりとも召し上がりませんこと……？」

天秤《てんびん》は良心に傾いた。

「ろくなおもてなしも、できませんですけれど……」

しょぼしょぼと小さく提案すると、冬夜はふと口元を緩《ゆる》め、くしゃっと笑みを深めた。落ち着いて、大人びた様子の彼だが、そうすると年相応の気配が強まる。垣間見《かいまみ》た自然な表情に、櫻子はどきりとした。

「では、ありがたく。ご厚意に甘えて、お相伴《しょうばん》に与《あずか》りますね」

＊

きちんとくつろいでいただきたいからと客間に通そうとする櫻子と、夕飯の支度《したく》どき前にあまり長く上がり込むと申し訳ないと遠慮《えんりょ》する冬夜とで、少々の押し問答ののち、結局二人は縁側に並んで腰掛けることになった。

ちなみに文官である父はいつも通り宮中に出仕しているし、母もおり悪く不在らしい。ゆえにこの家にいるのは、僅《わず》かな使用人と、櫻子と、彼だけ。

「いい庭ですね。つつじの前栽《せんざい》が綺麗《きれい》に整えてあって。丁寧《ていねい》に世話しているんでしょう」

櫻子の淹《い》れた焙《ほう》じ茶を啜《すす》りながら、冬夜はのんびりと誉めてくれた。「そうでしょうか、ありがとうございます」と櫻子は少し嬉しくなる。

烏花蛇邸よりもずっと狭いが、管理には自信のある庭だ。櫻子も日々、手伝っている。

「つつじといえば昔は、ちぎった花をらっぱのようにして蜜を吸って遊んだものです。櫻子さんはされていました？」

「は、はい。バレるとお母さまに叱《しか》られるので、目を盗んではしょっちゅう。あなたも同じことをされていましたのね。ちょっと意外です」

「悪ガキでしたから。隣家のつつじを幼馴染と二人がかりで全部ダメにして、祖父にゲンコツを食らったこともありますよ。あとは、祖母が大事にしていた藪椿《やぶつばき》の蕾《つぼみ》を、全部むしって袂《たもと》に隠していたのが見つかった時も」

「それは、……はい。怒られるでしょうね」

「大目玉でした。今となっては懐かしいものです」

祖父、と言うからには、烏花蛇の家に引き取られる前の話だろう。吸い尽くした濃紅のつつじの残骸《ざんがい》を足元に撒《ま》き散らしたままお叱りをうけたり、袖口《そでぐち》からバラバラと椿の蕾を落とす幼き日の冬夜を想像して思わず噴き出しかけ、櫻子は慌てて表情を引き締める。

冬夜との間には、冷めかけた焙じ茶を満たした急須《きゅうす》と茶器と、空《から》になった菓子皿が二つ。初めて賞味する名店のカステイラは、ふんわり柔らかく甘い卵色の生地と、粒の残ったザラメのカリカリした食感との違いが楽しく、一切れを空気のように軽く食べ終えてしまった。残りは母や女中たちとありがたく分け合うとして、おそらく一本でも丸ごと食べられそうだ。そう言うと、「また買ってきます」と冬夜は楽しげに請け合ってくれた。

「あの、おじいさまとおばあさまは、今は？」

「どちらも鬼籍《きせき》に入《い》りました。祖母は、私が十《とお》になる年に、祖父は、烏花蛇に引き取られた後に」

何げなく尋ねた櫻子だが、微笑と共に返された答えに目を見開くことになる。

「ごめんなさい、わたくし不躾《ぶしつけ》な質問を。それは……残念なことでした、のね」

「いいえ、お気になさらず。思えばろくに孝行もできませんでしたが。烏花蛇家の援助で丁重に弔《とむら》いをあげて、遺骨をきちんとした墓に入れられただけ、多少はマシだと思っておりますから」

　彼はなんでもないように言うと、中身の減った湯呑みを傾けた。

　そこで、ふと会話が途切れる。櫻子は視線を俯《うつむ》けた。花崗岩《かこうがん》の足置き石には、白い足袋《たび》と草履《ぞうり》に包まれた自分のちんまりした両足と並んで、革の編み上げ軍靴《ぐんか》に包まれたひとまわり大きな足がある。距離の近さも、その違いも、なんだか奇妙な心地がした。

（それにしても）

　隣に座る人の横顔をとっくりと見上げつつ、——すっと通った鼻筋と切れ長の眼《まなこ》のためか、彼のそれは、どこか冴え冴えと青皓《あおじろ》い月を思わせるものだ——櫻子は、密かに訝《いぶか》る。

（このかたは、……何を考えているのかしら）

　初顔合わせをした昨日の今日で、いきなり訪問してきたと思ったら、用向きがカステイラ。一体どういう思惑があってのことなのか。かつて一度、予知夢《よちむ》の中で、彼の手で命を落とした身としては、どうしても警戒せざるを得ない。

　思い出すのは、昨日の彼との会話である。

　——許嫁《いいなずけ》どのに興味が出たと言っているんです。

（あの台詞《せりふ》は一体）

何を思って、櫻子に構ってくるのだろう。そもそも、……興味？　興味とはなんぞや？　予知夢の通りなら、彼はおよそ、己に興味なんて持ちようもないはずなのに。

（でもよく考えれば、わたくしこそ。何を考えていらっしゃるのか見当もつかないほど、このかたのこと、何も知らないわ……。姉にずっと片恋を続けていた、とても美しい許嫁のおかた。それしか浮かんでこないのだもの）

それはそれで、……どうなのだろう。ふと自問してみる。

思い返せば未来の櫻子は、十八まで律儀《りちぎ》に彼を慕っていたようだが、互いに顔を合わせる機会はあまりなかったように思う。彼は軍属で忙しく、櫻子も遠慮してあまり会いたいとわがままを言わないようにしていたし、後年など姉への悋気《りんき》で平常心を失っていたし。

そもそもかなりやの予知夢とは、とかくおおよその次第に過ぎるというか――その人生全てを事細かに見せてくれるわけではない、なんとも歯抜けな代物《しろもの》であるのだ。

たとえば櫻子は、彼に恋して、姉に嫉妬《しっと》し、運命の歯車が食い違っていった己の感情の流れを、享年《きょうねん》の十八までつぶさに追うことはできる。が、そこに至るまで、いついつどこそこで誰と何をした、という何もかもを記憶している訳ではない。

その流れと並行して、世間では大きな事件などもおそらくそれなりに起きていたのだろうが一切覚えておらず、女学校にも通っていたはずだが記憶にないし、それ以前に当然ながら尋常《じんじょう》小学校も卒業しているわけだが、今持ち合わせている学問の知識や習得技術は、やはり実年齢の十歳相当なのである。

心の時計は一度十八まで進んでいるはずなのに、頭は十のまま。子供ではないが断じて大人でもなく――なんともいびつでまだらな己のありさまは、まだ年少の身にはなかなかに負荷で、櫻子はそれだけでも頭痛がしてくる。

かなりや憑《つ》きと聞いた時の、かかりつけ医の反応。『お嬢さんには難儀《なんぎ》かもしれませんね』というあの感想の真意を、今更ながらに思い知った櫻子だ。なるほど。これは確かに――難儀、だ。

改めて気の重いあれこれの連続に、櫻子が内心でため息をついていると。

「どうされましたか？」

いつの間にか、見つめていたはずの横顔が正面を向いていることに気づき、櫻子ははっと我に返った。紅と金が、じっとこちらを見返している。――心臓が跳ねた。ときめきではなく、焦りで、だ。

「え、あっ、失礼いたしました。その……」

一瞬の間を置いて、なんと答えようかと逡巡《しゅんじゅん》した挙句《あげく》。櫻子は言葉を選びつつ、素直に白状した。

「あなたは、不思議なかただと。……思いまして」

「不思議、ですか？」

「はい。昨日の今日で、こうしてわざわざお時間を作ってお顔を見せにきてくださって、とっても素敵なお土産《みやげ》まで。正直、……戸惑っております」

「戸惑う？　ああ、ご迷惑でしたか」

「いいえ、まさか！　美味《おい》しかったし嬉しかったのです！　ええと。……だからこそ、ですの。わたくし自身が、そうまでしていただくほどのものでは……ないので……」

途中から滑らかに続かなくなり、お行儀《ぎょうぎ》悪く、縁側からおろした足をぷらぷらと揺らしてみる。山吹《やまぶき》のよろけ縞《じま》の裾《すそ》から、蹴《け》り上げられた八掛《はっかけ》の朱がちらりと覗《のぞ》いた。

「私が不思議だとおっしゃるが、櫻子さんも十分変わっておいでですよ」

やがて。――冬夜は、静かな口調で切り返した。

「驚いている時や、カステイラを食べている時は年相応の少女にしか見えなかったのに。たまに、はっとするほど落ち着いて見える瞬間があります。言葉も、様子や仕草も」

「それは……」

先ほどまさに、己のありようの不自然さについて考えていたところだったので。心中を当てられたようで、櫻子はばつが悪くなる。

「これでも、昨日も今日も、貴女《あなた》にはそれぞれに驚かされているんですよ。妙な度胸があって、生真面目《きまじめ》に正面から婚約の破棄《はき》を申し入れてきたり。私の付け焼き刃な言葉遣いや立ち居振る舞いを『努力の賜物《たまもの》だ』と自信満々に断じたかと思えば、比して己は魅力が盆地程度だとか『自分などそこまでのものでもない』とか、変に自己評価が低かったり」

「それは……」

「けれど私も、決して貴女にそうまで誉めていただけるようなものではないんです」

そう言って、冬夜は一口茶を含む。

今も丁寧な口調を心がけてはいるが、本来はもっと粗野で短気な人間だし、それだのに引き取られた先がよりによって五綾家の烏花蛇伯爵家で、肩身が狭かった。正直、今も居づらい思いをしているから、自宅にいるより軍の訓練で体を動かして過ごす時間の方が、よほど気が抜けるほどだと、彼は言う。

彼の言動はごく自然に優雅で、とてもそうは見えないけれど……と首を傾《かし》げつつ、櫻子はふと思い出した。

（そういえば、あまりおうちが好きではないのかしらと……昨日も感じたのだわ）

とすれば、それは真実、話の通りなのだろう。粗野で短気な冬夜というのはどんなものなのか。ちょっと見てみたい気もする。

「そうなのですね」

だからこそ、櫻子が納得してこっくり頷《うなず》くと、やおら冬夜は笑みを深めた。

「ほらね。こういう話をしても、櫻子さんは驚かないし、かといって『そんなことはない』と否定もしない。それが、非常に——そうですね。非常に、楽です」

「楽、ですか」

「はい。……それと。貴女には何か、私に隠していることがあるのは察していますよ。それが決して言えない内容であろうとも。言えないなりに、精一杯の誠実さを差し出してくれていることも、ね」

「……ええと」

これには答えに詰まり、櫻子は黙った。

隠し事は、ある。まさにかなりやの予知夢の話だ。正確に見抜かれていることで、彼の頭の回転の速さに、改めて舌を巻いた。「言いづらければ無理に答えなくてもいいですよ」と気遣った上で、冬夜は続ける。

「それを踏まえた上で、私は貴女のことを知りたいですし、私のことも知ってほしいと思っています。もちろん、無理して口にできないことまで話させるつもりはありません。負担にならない、あくまで可能な範囲で、構いませんので。……あんまり先のことを決めるのは、それからにしてほしいかな」

そんなことを苦笑混じりに請われ、つい櫻子は、すん、と鼻を鳴らした。

(本当は、すぐにでも婚約を破棄していただきたいところだけれど……)

——正直、冬夜には複雑な気持ちがある。

未来視の中で一度は彼に殺された身だという前提を抜きにしても、それぞれに宿った直《なお》霊《ひ》の、歴然とした力の差というものが横たわっているのだ。櫻子に憑《つ》いている霊獣は、いわゆる弱々しい小鳥で。ひき比べて彼は、巨大な猛獣をもひと咬《か》みで殺す猛毒を持つ大蛇である。

いわば、圧倒的な捕食者を前にした、腹の足しにもならない卑小《ひしょう》な被食者が、今の自分。彼の気まぐれで軽く捻《ひね》り潰せる命であると、こうして並んで座っているだけで、その存在感に気後れしそうになる。——どうしたって潜在的な恐怖は消えない。

(でも、そういう肩書きや前段だけで、あらかじめ決めつけてしまっては、このかたに失礼なのよね)

烏花蛇の家に引き取られるのは、彼としては不本意なことだったのだと。それは、冬夜の口ぶりからよくわかる。そして、彼に宿る夜刀神の力は、その血筋に由来する中で最たるものだ。家柄や霊獣で彼自身のことを裁定するのは、とても、「いけないこと」のように感じられた。

もちろんいずれ、婚約は破棄してもらうとして。それはもう、きっと必ず是非《ぜひ》ともお願いするとして。

（……この方は、少なくとも今は、わたくしに真心を持って接してくださっているように思うわ。それに、こんなお土産までいただいたからには、何もお返ししないのなんて道義に反するもの）

では櫻子も、誠意は誠意で返すのが筋というものだ。

何も、居心地の悪い関係性を積極的に作ろうとすることはない。いずれにせよ冬夜には、そのうちに一目で恋に落ちる——成就《じょうじゅ》するかはさておいて——伊織という相手が現れるのだし。定められた時までに、お互い納得ずくで、朗《ほが》らかにお別れできるなら、そうに越したことはないのだから。

（むしろ、いい関係を維持できた方が、『お前はもうお役御免だ』という時に、このかたも気軽に切り出しやすいかもしれないもの。——というわけで。円満破談を目指すわたくしが、今すべきことといえば。そう。受けた恩を持ち越さないことですわね！）

うん、と己の結論に頷いた後、櫻子はおずおずと冬夜に話しかけてみた。

「……あの。あなたのお好きな甘いお味って、甘辛《あまから》も含まれますかしら。わたくし、甘辛い味のものでしたら、鶏肉のつみ入れなら得意料理ですの」

「？　はい。甘辛は、好きですが……」

「ああよかった。挽《ひ》いた鶏肉を刻んだ薬味と練《ね》って丸めて、ざく切りのふきや網焼《あみや》きして焦げ目をつけた白ネギと一緒に、お醬油《しょうゆ》とお砂糖とお出汁《だし》でコトコト炊《た》くんです。それと、ピリッと辛いのもお得意？　仕上げに七味を一振りすると合いますので。あとは、甘めの味のものなら、ごまやくるみをはちみつとお味噌で和《あ》えて味付けしたたたきごぼうも、甘《かん》藷《しょ》とお揚げときのこの混ぜご飯も、自分で作った時でもそれなりの出来栄えだったと自負しております」

「ええと……？」

藪《やぶ》から棒《ぼう》にすぎる料理解説をとうとうと語り始めた許嫁《いいなずけ》を見てキョトンとする冬夜に、櫻子は慌てて訂正《ていせい》を入れる。

「今日は、何もお出しできるものがないし、きっとおうちの方で支度《したく》もあるでしょうから……また今度。お仕事が早く終わりそうな時には、どうぞこちらにお寄りくださいな。それで、お夕飯を召し上がっていらしてくださいな。わたくし、裁縫《さいほう》はからきしでも、お料理は割と好きなのです。と言っても、まだまだお手伝い程度の修業中の身ですけれど。カステイラのお礼もしたいですし、……あなたもわたくしをお知りになりたいとおっしゃったので……なんと申しますか」

――そのほうが、ゆっくりお話の機会も取れましょうから。

口早に、ぼしょぼしょと小声で続けるうちに、言葉は尻すぼみになってしまった。

(烏花蛇のおうちに居づらいなら、こちらに寄っている間は、少しは気が抜けるかもしれないし……)

そんな腹もあっての提案だったわけだが、果たして彼の希望に沿うものかどうか。だんだん不安になってきた。しかし、膝の上でキュッと握っていた拳の上にそっと大きな手を添えられ、「ヒェ」と櫻子は肩をびくつかせた。

「喜んで」

はっと顔を上げた先で、そう言って本当に嬉しげに笑う冬夜が、十五歳の、年なりにあどけない少年の顔をしていたので。

「!」

櫻子の心臓は、また大きく跳ねた。――不思議なことに、今度は、焦りでも恐怖でもなさそうだ。思わずぼうっとその両目を見つめていると、冬夜の笑みが不意に少し悪戯《いたずら》っけを帯びたものになる。

「それで、呼び名は決められましたか?」

「不躾《ぶしつけ》ながら観察していますと、『烏花蛇さま』呼びができず、困っておいでのようでしたから」

「呼び名？」

またまたしっかり見ぬかれている。櫻子は冷や汗をかいた。

「……そこは……鋭意試行錯誤《しこうさくご》中ですわ」

「奮戦の成果に期待しています」

梅干しを口に詰められたような渋面《じゅうめん》になる櫻子に、冬夜は、今度こそ声を立てて笑った。

話し込んでいるうちに、いつの間にか、日はだいぶ西へと傾いており。りいりいと控えめに鳴く鈴虫の合唱が秋のしじまを揺らしており、縁側の下でひそりと茂る南天の葉に、茜色《あかねいろ》の夕陽が照り映えていた。

――こうしてこの日櫻子は、毒蛇を宿す許嫁と、ほんの少し距離を縮めたのだった。


（そんなに急がなくてもいいのかもしれないわ）

運命の十八歳、その前に姉を迎える十五歳。そこまでに、まだ猶予《ゆうよ》はあるのだから。

ここにきてようやく、そんなふうに、幾分かおおらかな気持ちでかなりやの告げた危険予知に臨《のぞ》めるようになった。

しかしながら櫻子は、後から思い返せば、いささか悠長《ゆうちょう》に構えすぎたものである。

——まさか、この後五年にも渡り、冬夜との婚約が継続するとは思ってもみなかったのだから。

2

倭文国《しどりのくに》は、極東の海洋国家にして、世にも神秘的な島嶼国《とうしょこく》として知られている。

広大な領海を誇るが、陸地部分は主に、一つの花心と四つの花弁状に、全部で五つの島々が寄り添うように形成されていた。千年帝《せんねんてい》まします帝都東京《とうけい》が在するのは、ちょうど花の真《ま》っ心《しん》にあたる。

そして、五つの島々の周囲を、ぐるりと千年帝の神通力《じんつうりき》を使った強固な結界が囲んでいるため、倭文に侵入しようという不届きものは、他国の軍艦隊はおろかいち海賊《かいぞく》ですら、その島影を見ることも叶わない。通商の許可を得た船舶《せんぱく》だけが、決まった時刻に決まった港へと導かれるのだ。

かくして外敵には滅法《めっぽう》強い倭文だが、民の安寧《あんねい》を脅《おびや》かすものがないわけではない。天災や犯罪などの万国万世共通の代物《しろもの》はもちろん、この国で最も脅威《きょうい》とされているのは、〝禍霊《まがつひ》〟と呼ばれる化け物だ。

彼らがそもそもどこからやってきて、どうして人間を襲うのかは、未だ定かではない。

しかし、巨大でおぞましい姿を持ち、一定の規則性を持ちつつも突如として現れ彼らを倒すには、武器のみならず異能の力が必須となる。

人由来の狼藉《ろうぜき》を取り締まるのは警察の仕事で、他方、天災と禍霊からは軍が民草《たみくさ》を守る。

なんにせよそれが、一千年の時を経て整備された、今の倭文国のありようだ。

倭文の軍隊は陸と海の二種で、それぞれが帝都防衛軍と地方防衛軍とに分けられる。そのどちらも、北東の方角には特に禍霊の襲撃が多発しているため、任務に危険が多く伴《ともな》った。

俗に〝鬼門鎮守《きもんちんじゅ》〟と呼ばれる北東部隊にいるのは、一般兵でも入営検査甲種合格は大前提。さらに将校となると、個としての異能の強さも、部下を率《ひき》いる指揮力も優れたものに限られる。つまり、軍学校を卒業して鬼門鎮守に配属されることは、最精鋭の証《あかし》であり、いわば軍部での出世の第一歩とは、倭文における不文律《ふぶんりつ》であった。

さて。

（重たい……！　さ、さすがに調子に乗って、あれこれ持ってきすぎてしまったかしら）

そんな帝都防衛軍司令部の一つ、まさに北東部隊の駐屯地に向かう壱賀谷《いちがや》大路を、風呂敷に包んだ大荷物を両腕に抱えながら。

先ごろ十五歳になったばかりの緋鳳院櫻子《ひほういんさくらこ》は、ヨタヨタと歩いていた。

通りに面して、立派な煉瓦《れんが》造りや石造りの洋館が多いのは、北東部隊を補う官庁街として整備されているからだ。鬼門鎮守府は、本来ならば禍霊が頻繁《ひんぱん》に出るはずの方面に所在しているが、あたり一辺は軍人や官吏《かんり》を目当てにした商店街で賑《にぎ》わっている。その繁栄《はんえい》ぶりは、それだけ長きに亘り、軍が近隣に暮らす人々を徹底して守り続けてきた証でもある。

（我ながら無茶だったわ。うちの誰かに手伝って貰えばよかった！）

今の櫻子は、倭文に暮らす全女子の憧れと言われる、紫根染《しこんぞ》めの矢絣《やがすり》に葡萄茶《えびちゃ》の行燈袴《あんどんばかま》、編み上げの茶色い短靴《ブーツ》を履《は》いた、帝都中央高等女学校の制服姿だ。

昔と変わらずお気に入りの乙女椿《おとめつばき》の花かんざしを耳の横にさした朱色の髪は、今や腰をすぎるほどの長さに伸び。顔の脇のひとふさずつを摘《つま》んで幅広の刺繍《ししゅう》リボンでくるりと束ねている他は、豊かに波打つがまま背に流している。勝ち気な印象を与える大きな翡翠《ひすい》の瞳も、なめらかなミルク色の肌も、幼い頃の通りだが、日に日に瑞々《みずみず》しい艶《つや》が容姿に滲《にじ》み、いかにも年頃の少女らしい面差《おもざ》しに変わっていた。

だが、その肝心《かんじん》の顔部分は、現在すっかり深草色の風呂敷で隠れており。もはや『大包み頭の化け物』が歩いているような残念な様相だ。道ゆく人が時折ギョッと振り返ったり怪訝《けげん》な目を向けてきたが、ここに至るまでに本人は慣れてしまった。

──石畳《いしだたみ》の広大な大通りを四苦八苦しつつ進み、どうにか煉瓦造りの門柱に『帝都防衛軍北東司令部』の看板が掲《かか》げられた正面玄関に着いた時には、もはや櫻子はヘトヘトになっていた。

(う、腕が限界！　ちょっとこれ、一刻も早くどこかに置かないと……！)

足を止めて荷物を抱え直し、ほうほうの体《てい》で上がった息を整えていると──不意に、ふっと視界を遮《さえぎ》るものがなくなり、両腕が軽くなる。櫻子はパチリと目をしばたたいた。

「あっれ。通りをでっかい風呂敷オバケが歩いてくると思ったら、緋鳳院のご令嬢じゃないすかぁ。これまた、いつにも増してやっべえ大荷物だなあ」

次いで、正面の少し高い位置から、明るい声が降ってくる。

顔を上げた櫻子の前には、黒い略装軍服に身を包み、少尉の階級章を身につけた青年の姿があった。よく日焼けした小麦色の肌と黄金の髪、煮詰めた蜂蜜《はちみつ》のような琥珀色《こはくいろ》の瞳がいかにも闊達《かったつ》な印象を与える彼は、よく見知った相手である。

「ありがとうございます。ご機嫌麗《うるわ》しゅう、朽縄《くちなわ》さま」

「……えー、櫻子嬢。これ、まさかと思うんすけど。緋鳳院の本邸からこちらまで、お一人で運んできたとか？」

「ええ！　もう重くて重くて、危うく落っことすところでしたの。朽縄さまのおかげで、

「本当に助かりましたわ」

「うは。そりゃそーだ。無茶っすわ、さすがに」

櫻子が両手でどうにか運んでいた大包みを、左手一つで軽々と持ち、残った右手で器用にも雑な敬礼をしつつ。その身に宿す太陽のような色彩どおりに、にっと歯を見せて気さくに話しかけてきた彼は、この帝都防衛軍鬼門鎮守府に在籍する、朽縄《くちなわ》玲《れい》少尉だ。

彼は、冬夜《とうや》と同い年で、かつ同時に軍学校に入った竹馬の友であるらしく。ここ五年で、櫻子にとってもすっかり馴染《なじ》み深くなった一人だった。

ちなみにこの国の陸海軍において二十歳《はたち》という年齢は、通常ならば士官学校を卒業後、よくて軍曹《ぐんそう》や曹長《そうちょう》として任ぜられる年齢であり、玲の少尉というのは異例の昇進の早さだ。いつも門衛にはもっと下位の兵が立っているのだが、彼がどうしてここにいるかと問えば、「烏花蛇《からすかだ》大尉に出迎えを命じられたから」らしい。櫻子はほっとして頭を下げた。

「櫻子嬢は、今日も大尉どのに陣中見舞いのお届けで？」

「はい。なんだか先日、詳しくは教えていただけなかったけれど、特別な任務につかれたとお聞きしましたの。中尉から大尉に昇進もされましたし。それでお祝いと……とてもお忙しいそうだから、お仕事の合間につまみやすいものをと思いまして」

おにぎりやら稲荷寿司《いなりずし》やら煮物やら、たっぷり重箱に詰めて、皆様の分もお持ちしましたとうなずく櫻子に、「マジで！　いやあ、毎度オレらにまで気ぃ遣ってもらってありがてえっす」と玲は破顔《はがん》した。

「今頃、中で書類仕事に追われてるんじゃないかなあ。あ、もちろん大尉どののんとこ寄ってきますよね？」

「はい」

「よかった。ここんとこ忙殺されて櫻子嬢の顔見られてなかったもんだから、あいつ、じゃなくてあの人ピリピリしてて。もうちょっと遅かったら人死にが出てたとこっすわ」

「？　あのかたがお忙しくて気を張るのに、わたくしは関係ないと思いますけれど……」

この会話に、門衛も止める様子はなく、なんなら後ほどもらえるだろうおこぼれを想像してでもいるのか、敬礼しつつ胸を撫《な》で下ろしたり、ニコニコと頰《ほお》を緩《ゆる》めている。彼らにもぺこんと会釈《えしゃく》して、櫻子は鬼門鎮守府の門をくぐる。

通常ならありえないゆるさだが——顔が通行証代わりなのは、それだけ櫻子が、この場所に足繁《あししげ》く通っている証左《しょうさ》なのだった。

（って……どうしてこんなことになったのだっけ？）

ふと櫻子は首を傾《かし》げる。

冬夜と出会った十歳の秋から、経つこと五年。彼は二十歳に、櫻子は十五歳になった。

同じ年頃の倭撫子《やまとなでしこ》の平均身長よりはやや小柄ながら、すっかり伸びて大人のものになった手足をちらりと見遣《みや》りつつ、──玲の後ろにちょこちょこと従って歩きながら、櫻子はこの五年のことを思い返していた。

ひとまず。十歳でかなりやの予知夢《よちむ》を見てから、櫻子が心に決めた結論は、以下の三つだ。

一つ、自分が死なないために、許嫁《いいなずけ》の冬夜には絶対に想いを寄せず、一日も早く婚約破棄《はき》すること。

二つ、いずれきたる異母姉の登場に、あたう限り心穏やかに備えること。

そして三つ。どうにもならなかった時にいつでも逃げ出せるよう、手に職をつける準備をし、今から精励《せいれい》しておくこと。目指せ、職業婦人だ。

だというのに、そのうち肝心要《かんじんかなめ》の一つ目に関しては、五年前に出端《ではな》をくじかれてからというもの、どうにも冬夜には調子を狂わされっぱなしだった。

ちなみに──蛇の霊獣憑《つ》きに共通する特徴として、一般に、三つの「冷たい」が挙げられるという。蛇は冷血冷酷《れいけつれいこく》で、なんなら肌まで氷のようだと。執着心が強くて非道な策略家が多く、より強い直霊《なおひ》を持つものほど、その性質が濃くなるという。

が、――少なくとも「予知夢とは違い」や「今の」と冠がつくものの――櫻子の知る限り、冬夜は低体温までは合っているが、残り二つの冷たさとはほど遠く。常時穏やかで紳士的で気さくで、それだけに「邪険にしづらい」相手だったのだ。

カステイラの礼に夕飯を食べにきてほしいと、十歳の櫻子が申し出たあの日から、冬夜は週二の間隔で緋鳳院本邸を訪れるようになった。「……いえ、わたくしもぜひいらしてとは言ったけれど。ちょっと多いのじゃない？」と最初は戸惑っていた櫻子だが、彼から、自分の作る甘辛《あまから》い味の食事がお気に召したと聞けば、作り手として悪い気がしない。実際、姿勢や食べ方こそ洗練されて綺麗《きれい》だが、男らしくぱくぱくと景気良くおかずを口に放り込む年嵩《としかさ》の少年を見るのは一種快感であり、ぴかぴかに空《から》っぽの器《うつわ》を前にごちそう様ですと行儀《ぎょうぎ》よく手を合わせる姿も込みで、櫻子は密かに満足していた。

あまりに頻繁《ひんぱん》に寄るので、そのうちに母や父も、彼が食卓の席に並んでいることにすっかり慣れてしまい。母や女中たちは櫻子同様に、気持ちのいい食べっぷりを披露する客人の来訪日には朝から期待した面持《おもも》ちでそわつくし、なんなら父などは、「うちはずっと娘一人だったから……」と、家に男児がいる状態を楽しみにするようになった。

今まで囲い女のところに通っていたはずの日にも、冬夜が来ると聞けば、「その、なんだ。烏花蛇の倅《せがれ》が来るのだろう」などと白々しく確認しては、いそいそと碁《ご》打ちに戻ってくる。父いわく、冬夜はどうやら対局中は策略家な蛇の性《さが》を発揮するようで、若年ながらなかなか一筋縄《ひとすじなわ》ではいかないらしく。本邸の濡《ぬ》れ縁《えん》でうんうん唸《うな》りながら桐の碁盤の前にあぐらをかく父と向き合い、微笑《ほほえ》みながら背筋を伸ばして正座をする許嫁の姿は、そのうちに緋鳳院侯爵家の日常風景となっていった。

櫻子としては、美味《おい》しそうに食べてくれる相手に夕飯の腕をふるえればそれでよかったのだが、冬夜の方はそうでもなかったらしい。

『お世話になっているものですから』

と、手土産《てみやげ》にいちいち高級な菓子折や珍しい調味料などを持参してくれるまではいいのだが——なぜか『こちらは櫻子さんに』と、都度都度《つどつど》に、白金座《しろがねざ》の洋品店で買ったという西欧渡りのレエスのハンカチやら、葡萄酒色《ぶどうしゅいろ》も美しい繻子《しゅす》の幅広リボンやら、碧玉《へきぎょく》と鼈甲《べっこう》のかんざしやら、——さらには値段を考えたくもない正絹の振袖《ふりそで》やら綸子《りんず》の帯やらまで携《たずさ》えてくるものである。

これには櫻子は閉口した。彼の贈り物は総じて趣味がよく、美しい着物も小物ももちろん好きだし、経済的にも助かるが、夕飯の例としては釣り合わないというか、明らかに過《か》剰《じょう》だ。櫻子は、筋が通らないのがいっとう苦手なのである。

何度も断ろうとしても忘れたように持ってくるし、返そうとしても『お気に召しませんでしたか』とさびしそうな顔をされるのに絆《ほだ》されては、いつの間にかやんわり受け取っている羽目になり。量もそろそろバカにならない規模になってきたので、櫻子はこの贈り物攻勢に対し、作戦を改めることにした。

『何か別途お礼をさせてくださいませ！』

『お礼、ですか？　でも、普段からすっかりごちそうになっていますよ』

『ごちそうって。いつもきっちり多めに食費を払った上に、お土産までつけてくださっているじゃありませんの。いくらなんでも、いただきすぎですわ』

『はあ……。私は気にしませんが』

『わたくしが気にしますのよ！』

この頃には、冬夜は幼馴染《おさななじみ》の玲と共に、飛び級で軍学校を卒業しており。士官候補生として高等軍学校に進学するのと兼ねつつ、北東部隊への配属が決まったところだった。

なお、通常であれば、厳しい訓練に心身を慣らすために飛び級などさせない軍学校が、異例の一年こっきりで冬夜を卒業させた理由に関しては、同時配属された玲が『あいつが手加減どころか情け容赦《ようしゃ》なく暴れ過ぎたもんで、訓練中に潰されまくった教官たちに、これまで一緒くたに追い出されたんすわ』とぼやいていたが、櫻子はあまり信じていない。冬夜に限ってそんな荒くれな所業を働くわけがないから、たぶん、冗談好きの玲がふざけたのだろう。

『では……』

真剣な目で訴える櫻子の前で、顎《あご》に手をやってしばし思案したのち。冬夜はこんな案を出した。

『上官に掛け合ってみますから、帝都北東部隊の駐屯地まで、たまに顔を出してくださいますか？』

『え？　そんなことでよろしいんですの？』

北東司令部のある壱賀谷は、少し距離はあるが、路面電車を使えば緋鳳院邸から十分に移動可能圏内だ。お安い御用にも程があるが、なんでまた、と首を傾げる櫻子に、冬夜は笑みを深めた。

『個人的に士気が上がるんです』

『はあ……』

曲がりなりにも一般人の女子どもが、軍事施設への立ち入りなんて、許可されるのだろうか、それ——と疑問に思ったのも束の間。鬼門鎮守の長は、櫻子も知っている人物で、五綾《ごりよう》家の一つ、碧魚宮《へきなみや》侯爵家の当主だ。碧魚宮翁《おう》は非常に変わり者かつノリのいい人物として有名で、櫻子の訪問を二つ返事で了承したらしい。

当初は、この帝都でもっとも強靭《きょうじん》な練度を誇る軍司令部への立ち入りに、及び腰のおっかなびっくりだった櫻子だが。割り切ったら後が早いのが特技なので、一度行った後はすぐに慣れた。

そのうちに、手ぶらで来るのも気がひけるので、お重につめた陣中見舞いをあれこれ持参するようになり、軍部内に顔見知りが増えたので、さらにその量を増やし。なんなら時間があるときは、庁舎の掃除《そうじ》や洗濯《せんたく》を手伝うようにもなった。

かくして、いかつい軍人揃いの敷地内でちょこまか働く緋鳳院のご令嬢の姿は、いつの間にかすっかり北東部隊の名物になってしまったものである。

一方で冬夜も、『ここまで来ていただいたら、せっかくなので』と、壱賀谷の中央通りを櫻子と一緒に散策してはカフェーやミルクホウルでお茶やお菓子をごちそうしてくれたり、休みの日にも帝都中心部での食事や観劇に誘ってくれたりするようになった。

(なんだかうまいこと乗せられているような……？　気のせいよね？)

首を傾げながらも、基本的には冬夜の気さくさと親しみやすさに絆されているうちに、さらに一年が経ち、二年が経ち。

(いよいよ逃げる機会を逸してしまうわ。このままではまずいのでは……！)

いちおう、櫻子もかような危機感を覚えはしたのだ。しかしその時にはもう、だいぶ冬夜との距離感はおかしなことになっていた。今更彼を避けるのも変な話で。

それに、冬夜も櫻子を可愛《かわい》がってはいるが、その方向性は、あくまで〝五つ年上のお兄さん〟の域を出ないのである。

（恋のお相手としてではなく、兄のような存在としてお慕《した》いする分には、問題ないのでは？　……よしっ）

――幾度目かになるが櫻子は、割かしに思い切りがいい人間だった。

気持ちをきっちり線引きすると決めてから、櫻子は開き直って冬夜に心置きなく懐くようになった。

そうして、色気皆無の幼馴染のような関係で、形ばかりは婚約を継続したまま、――櫻子は十五歳、冬夜は二十歳《はたち》になっていたのだ。


玲の黒い背中を追いかけつつ、駐屯地の構内を歩く。鬼門鎮守は特に多くの兵士を抱えているだけあって、訓練場や営所などを兼ね備えた敷地も広大なのだ。さらに、庁舎に入ってからも迷宮のように入り組んでいる。櫻子は石の階段を上り、飴色《あめいろ》の油で磨《みが》かれた板張り廊下《ろうか》をひたすら進んだ。

「冬、……ではなく烏花蛇大尉は、このところお忙しいのですよね。禍霊《まがつひ》退治の実績が評価されて大尉に任ぜられたばかりですのに、五綾家で強大な霊獣憑きが現れるたび引き継いでいた特殊な『お役目』も引き受けることになって忙しいらしいと聞きましたもの」

玲の少尉という階級も異例だが、冬夜の年齢で大尉に任じられるのはもはや前代未聞の昇進速度らしい。先日までは中尉で、それでも十分に早かったが、今回『お役目』を受けてさらに上がったという。「そうだ、朽縄さまにまだお祝いを申し上げておりませんでした。少尉へのご着任おめでとうございます」と頭を下げる櫻子の言葉に、玲は「あはは」と笑った。

「詳しい内容は明かせないんですけどねえ。それでおれも、まあ。引き連れ昇進ってやつっす。こないだまで曹長《そうちょう》だったけど。ほら、おれはあれなんで。あいつの侍獣《じじゅう》なんで」

(ああ)

侍獣というのは、力の強い霊獣が顕現《けんげん》した際、依巫《よりまし》にごく近しい人間にもその眷属《けんぞく》となる直霊《なおひ》が降りることだ。玲はもともと華族の血筋どころか孤児らしいが、侍獣憑きになったことで烏花蛇の分家である朽縄家に引き取られたらしい。

「はい。……素敵ですわよね」

その話を最初に聞いた時、櫻子は少しだけ玲が羨《うらや》ましかった。

侍獣が顕現するのは、よほど主となる霊獣憑きの人間に信頼されている証拠らしい。彼らの幼少期を、櫻子は知らない。経済状況から、ひょっとしたら楽しい思い出ばかりではなかったのかもしれないこともわかっている。けれど、それほど腹を割って付き合える絆《きずな》を互いに築けるというのは、今のところ一人っ子で、きょうだいに近い親友もいない櫻子には、憧れる話だった。

　ちょっとだけしんみりしつつ顎を引く櫻子に、琥珀色《こはくいろ》の目を瞬かせ、「あれ。おれ今、ひょっとしてご令嬢にやきもち妬《や》かれてたりします？」と玲はニヤリとした。

「えっ。そんなことはよもや決して断じて微塵《みじん》も爪の先どころか髪の毛一筋ぶんすらございませんけれど」

「……そこはちょっとは同意しましょうよ。まあそれがホントかはさておき。万が一にも髪の毛一筋ぶんの嫉妬心《しっとしん》があったと仮定して、ま、そんな必要ないっすよね、って返しておきますけど」

「？」

「だってご令嬢。あいつの守り袋、今日もお持ちじゃないっすか」

「ええと、はい」

　玲の言葉を受けて、首にかけた紐を引っ張り、櫻子は胸に下げていた守り袋を懐《ふところ》から取り出す。手のひらにのる程度の小ささの、朱色の縮緬布《ちりめんぬの》で作られたそれは、軍にお邪魔するようになった初日に、冬夜が渡してくれたものだった。

——魔除《まよ》けです。鬼門鎮守の規律はしっかりしていますし、夜刀《やと》の許嫁《いいなずけ》に手を出す命知らずはたぶんいないのですが、元が荒くれものだった兵も多いので。念のため、こちらに来られる際は、これを身につけていてください。

促されるまま手のひらに開けて中身を確かめると、何か宝石のカケラのようなものが出てきた。聞けば夜刀神の鱗《うろこ》らしい。キラキラと透き通って白蝶貝《しろちょうがい》に似た光沢《こうたく》を放つそれをためつすがめつし、「きれい」と櫻子が目を輝かせると、冬夜はなぜか少し目を瞠《みは》り、それから嬉しそうに微笑《ほほえ》んだ。

しかし、「このきれいなものに、一体どういう意味が……」と首を傾《かし》げた櫻子だが、理由はすぐに判明した。守り袋を持っている時は、なぜか驚くほど人が避けていく。百発百中の効果抜群《ばつぐん》、依巫のみならず常人でも同じ反応で、まるで引き潮《しお》の如く誰もがさあっと退いた後は、櫻子を中心にポッカリ空き地ができる。ゆえに、くれた冬夜には申し訳ないが、櫻子は軍部に行く時以外は身につけないようにしていた。女学校でいつも一緒にいてくれる仲のいい友人たちが、守り袋を見せた瞬間に「ごめんあそばせ」「お花を摘《つ》みに」「あたくし野暮《やぼ》用が」と遠ざかっていったのは、ちょっと苦い思い出である。

そう話すと、玲は声をあげて笑った。

「おれも一応は蛇《へび》憑《つ》きの端《はし》くれですんでね。蛇が自分の鱗なんて渡すの、まあ、そういうことっすよ」

「そういうこと？」

「ま、わかんねえならいいっす」

ますます訝《いぶか》しむ櫻子に、玲は始終愉《たの》しげに喉奥《のどおく》を鳴らして笑っていた。今も、すれ違う兵士が何名か一瞬ばかりびくついたような表情をするので、「みなさん顔見知りのはずなのに」と地味に傷ついた。

それきり玲との会話は途切れる。彼のあとをついて歩きながら、櫻子はしばし物思いに耽《ふけ》った。

（それにしても、こうしておつとめ先にお邪魔できるくらい良好な関係が保てているということは。……わたくしひょっとして、死ぬ運命を回避できたのかしら……？）

かなりやの危険予知は一度め以来なりを潜めていた。「……いや油断は禁物ですわね」と櫻子は落ち着かない。そう、櫻子はまさに十五だ。忘れもしない、運命の年。間もなく異母姉の伊織《いおり》が家に来るはずなのである。

良好な関係、とはいうものの。彼の任務が忙しくなって以降は、あまり会うことができていないけれど、――と櫻子は視線を落とす。こちらから勤め先にお邪魔して見舞いの品々や着替えを渡すくらいはできるものの、冬夜の方は例の特別な『お役目』のために緋鳳院邸に訪れる暇もなくなってしまったらしく、ここ二ヶ月ほど、あまりゆっくりと一緒にいる時間はとれていない。

（寂しいわ）

しんみりと落ち込んでから、櫻子はハッとした。

（いえ、寂しいっていうのはそう……あくまで兄を慕う妹的な意味で！）

慌てて訂正《ていせい》を入れ、誰に言い訳する必要もないはずが、我ながらおかしなことだと口の中が苦くなる。鼓動を不規則に速める胸元を押さえ、櫻子は人知れず頰《ほお》を染めた。

このところ、――なぜだろう。冬夜のことを考えるたび、心臓が苦しくなるような、ふわふわと落ち着かなくなるような。そんな瞬間が増えた、気がする。その理由を考えるたび、櫻子は、不安と昂揚《こうよう》がいっしょくたになった不可思議な心地になるのだ。

（わたくしはかなりやだし、あの方は蛇だし。要するに、被食者として自覚と怯《おび》えが出始めたってことかしら。……ええ、そうよね。きっとそう）

そして、「寂しい」という、ポロリとこぼれた気持ちの処遇についても、考える。

冬夜だって、櫻子を妹のようなものだとしか考えていないはずなのだ。伊織が来たら最後、きっと彼は、不可避的に彼女の方に惹《ひ》かれるはず。

(寂しい、なんて今だけの贅沢《ぜいたく》ですもの。あの方のためにも、ちゃんとしないと。居心地がよくてずるずるここまで来たけれど、そろそろ本当に婚約破棄《はき》のことに、真剣に向き合わないといけませんわよね……)

考え事の締めくくりは、さらに苦味を広げた。

そうこうするうち、尉官以上の将校たちの詰める区画に入る。昇進後の冬夜が事務処理時に使うという室の扉が、目の前に迫っていた。

＊

「大尉どのー。お待ちかねのご令嬢が来られましたよー」

欅材《けやき》の大きな扉は、目の高さに色ガラスが嵌《は》め込まれ、重厚ながら明るい印象を与えている。そこに、間伸びした声で呼びかけながら拳を打ちつける玲の傍に、櫻子は少しばかり緊張しながら立っていた。ややあって、「どうぞ」と耳になじんだ声で返事があり、櫻子はほっと息を吐く。

「じゃ、おれはこれで」

「え」

「お邪魔虫は馬に蹴《け》られるって、昔から相場決まってるじゃないすか」

それどころかここじゃ毒蛇に咬《か》まれますんでね、などと軽口を叩き。扉のそばにある飾り机に荷物を一式置いてしまうと、玲は風のように退散した。引き止める暇もない。

戸惑いつつ、櫻子は扉を見つめる。「わたくしもノックをした方がいいかしら」と構えたところで、ガチャリと内側から開き、よくよく慣れ親しんだ相手が顔を覗《のぞ》かせた。

「いらっしゃい、櫻子さん」

「――冬夜お兄さま！」

その姿を目にした瞬間、櫻子はパッと相好《そうごう》を崩す。

長身を覆《おお》う黒い軍服に、大尉の階級章と、禍霊討伐《とうばつ》の武功で与えられた勲章がいくつも輝いている。赤と金の色違いの双眸《そうぼう》、一般的な軍人よりも長い黒髪は出会った当初から同じだが、二十歳《はたち》になった冬夜は、その面差《おもざ》しからかつての少年らしさは抜けて精悍《せいかん》になり、背も手足もすっかり伸びきって、ますます目を惹く容姿になっていた。

（ひさしぶりだからかしら。やたらと輝いて見えるような……！）

眩《まぶ》しい、と顔を覆《おお》いたい気持ちになりつつ、櫻子は許嫁の顔を見上げた。冬夜の方は、そこで傍《かたわ》らの飾り机に置かれた陣中見舞いの存在に気がついたらしい。「おや」と軽く目を見張ってから、微笑を苦笑に変える。

「これはまた、ずいぶんな大荷物でしたね。すみません、重かったでしょう。やっぱり緋鳳院邸まで迎えをやればよかった」

「いえ、そんなお手間をおかけするほどのことではございませんのよ。わたくしこれでも、なかなか力がありますもの」

櫻子が四苦八苦していた大きな風呂敷包みを、やはりヒョイと片手で持ち上げてから、室内に導き入れてくれつつ。きれいな柳葉形の眉《まゆ》を曇《くも》らせて冬夜が謝るので、慌てて櫻子はかぶりを振った。ついでに冬夜を安心させるべく、細腕を折り曲げて力こぶを作る仕草をしてみせる。

広い室内は緋毛氈《ひもうせん》敷で、奥に大きな書き物机と、来客用か、葡萄酒色《ぶどうしゅいろ》をした別珍《べっちん》張りの西大陸風の長椅子《ながいす》、低い紫檀《したん》のテエブルがある。大尉でももちろん上等な階級ではあるけれど、それにしたって相当に立派な室内は、なんだかまるで将官が使うもののようで。櫻子は少し、不思議に感じた。

（そうだわ。そんなことより）

「冬夜お兄さま、やっぱり少し疲れていらっしゃるみたい。……毎日きちんとお食事は召し上がっていらっしゃいますの？　烏花蛇のお屋敷の方へもあまり戻られていないと聞いて、心配しておりましたのよ」

櫻子は眉尻を下げた。変わらず美しくはあるが——冬夜の目の下は青黒く、どこか憔悴《しょうすい》して見えたから。

倭文の軍兵は、禍霊討伐が主たる目的のため、一般兵が専用の武器を使いながら任務にあたる場合と、強力な異能の使い手が単独でこなす場合とに分かれる。夜刀憑きの冬夜は、指揮にも優れるが、どちらかというと後者での武勲が多く、鬼門鎮守に配属されてから最前線で戦ってきたという。「あの人に命を救われた兵は多いんですよ」と、櫻子は仲良くなった下級兵たちから幾度も聞いていた。

しかし、禍霊退治が立て込んでいた時でも、彼がこんなに疲れているところは見たことがない。その新しい『お役目』とやらがよほど大変なのだろうか。

「冬夜お兄さま、不本意なお仕事をされたり、大変な思いをなさっているのでは……」

よそものの自分が尋ねたところで詮無《せんな》いことと分かりつつ、どうしても気を揉《も》んでしまう櫻子に、眉間《みけん》を軽く押さえ、「いえ……」と冬夜はため息をついた。

「任務自体は、かねてから希望していたものなので異論はないのですが。……そうですね、どうにも思いがけないことが多くて」

「思いがけないこと?」

「平たくいうと、所掌《しょしょう》範囲外の仕事と気苦労を何かと増やしてくれる、規格外の馬鹿の面倒を見るのに追われているんです」
「規格外の馬鹿の面倒」
櫻子は復唱した。その長台詞《ながぜりふ》を言ってのけた冬夜の表情は相変わらず優しく笑んだまま
だが、色違いの瞳に、なぜか謎の殺気が滲《にじ》んだような。
（ええと。その規格外の馬鹿って、もしや新しい上官のかたとか……？）
大いに首を傾《かし》げつつ、深く突っ込むと危険な気がして、櫻子は口をつぐんだ。代わりに、
「お訊きしていいのかわかりませんけれど」と前置きしつつ、別の質問を重ねる。
「……ひょっとして、新しい『お役目』と何か関係がございますの？　内容は極秘だと伺《うかが》
っておりますわ」
「そうですね、話してもいい限りだと、さる高貴な御仁《ごじん》のお目付役、兼、護衛任務、とい
ったところでしょうか」
冬夜いわく、なんでも本来ならば中央統帥《とうすい》部所属の者と持ち回りであたるはずが、その
「さる高貴な御仁」が鬼門鎮守府をなぜだかいたくお気に召して入り浸っており、おかげ
で本来の仕事に加えて付随《ふずい》雑務がのしかかってきていると。
さらに不幸なことには、その「高貴な御仁」は凄《すさ》まじく下半身にだらしな……女癖《おんなぐせ》があ
まりよろしくないそうで。

「二週間前は色街で人気の芸妓《げいぎ》ばかり四股かけていたのがバレてド修羅場《しゅらば》のはてに男衆に簀《す》巻《ま》きで川に沈められそうになっているところを間一髪《かんいっぱつ》引き上げ、一週間前は自死癖のある未亡人に薬を盛られて無理心中を仕掛けられたのをすんでのところで救出し、三日前は『彼の子供がお腹にいるんです』と主張する女とすったもんだの挙句《あげく》に監禁《かんきん》されかけていると聞いて回収と仲裁《ちゅうさい》に行きました」

「……エッ」

「最後のは虚言だったようでその点はひと安心ですが。全部もれなく報告書作成もついてきます」

死んだ魚の目で指折り数え上げ、「極《きわ》め付けに今朝からここに来たとの報告が上がっていますが、そのまま行方《ゆくえ》不明です。鬼門寄りとはいえ構内なので何事もないとはわかっているんですけどね」と半笑いにしめくくる冬夜に、櫻子は絶句する。彼の目の下に鎮座するクマは、どうにもそういう理由らしい。口角ばかりは朗《ほが》らかに上げつつ「ええ、本っ当に……あの野郎……そろそろ天井から吊るして股間《こかん》の不要なものを切り落としてやろうか検討《けんとう》していたところです」と不穏な言葉が続いた気もするが、そちらは聞かなかったことにする。

（冬夜お兄さま、あまりにお気の毒すぎる……！）

見たこともない「さる高貴な御仁」とやらに、櫻子はこっそりと不満を覚えた。直接顔を見る機会があれば、文句の一つも言ってやりたいほどだ。

憤《いきどお》る櫻子の様子に気づいたものか、「失礼」と咳払《せきばら》いし、冬夜は「もちろんそれ以外にも、階級が上がったことで純粋に机仕事が増えたのもあって、お恥ずかしながら食事はおろそかでした。ですから、櫻子さんの陣中見舞いにはいつも助けられているんですよ」と肩をすくめた。その言葉に、櫻子は顔を輝かせる。

「そうですのね！　あのね、わたくし今回張り切って参りましたの」

スルスルと風呂敷を解いて、櫻子は漆《うるし》塗りの巨大な三段重を取り出す。蓋《ふた》を開いて一段目には、これでもかとぎっしり黄金色の稲荷寿司《いなりずし》を詰め込んできた。

「お揚げはちょっとだけ甘めに炊《た》きましたの。三種類あって、こちらの列が桜海老《さくらえび》と枝豆入り、次が切り干し大根とひじき、最後が鶏肉ときのこたっぷりの五目飯」

二段目には隙間《すきま》なく、三角形に結んだおにぎり。具は梅干しやら焼き塩鮭やら辛子高菜《からしたかな》やら盛りだくさんで、海苔《のり》の巻き方で中身がわかるように工夫《くふう》してみた。三段目には、だし巻き卵がたっぷり二本分と、蓮根《れんこん》とふきと鶏肉とにんじんの煮しめ、しめじと小松菜のおひたしと、たくあんと芝漬けの自家製お新香。

仕込みは朝から、仕上げは女学校から帰るなり制服から着替えもせず厨房《ちゅうぼう》に駆け込んで頑張ったので、なかなかの力作だと自負している。

「あと、栗の甘露煮《かんろに》を入れたお赤飯も包んで参りましたの！　一口で食べられる小さい俵《たわら》むすびにいたしました。彩りが寂しかったので隙間埋めに紅白なますと芋《いも》きんとんも」

「！　豪勢ですね」

これはすごい、と色違いの目を見張る冬夜に、櫻子は両手の指を後ろでもじもじといじり合わせた。

「ええと、お祝いで……。その、……お仕事が大変なのは心配だし、素直に喜べないこともあるかもしれないのですけれど。それはそれとして、冬夜お兄さまの頑張りがきちんと評価されているのは、とても嬉しいことだと思って……」

おそらくは食堂に行かなければ箸《はし》や皿はないだろうから、のちほど皆様で召し上がっていただければ、と続けようとした櫻子の前で、冬夜は手袋を外すと、赤飯の握り飯を一つ取り上げる。それから、パクリと口に放り込んだ。

「！」

「美味《うま》いです、櫻子さん」

じっくり味わうように咀嚼《そしゃく》してから飲み込むと、ふわっと破顔《はがん》する冬夜に、櫻子は思わず赤面する。恥ずかしくて素直に言えないが、本当は目の前で食べてほしかったから、とても嬉しい。二つ目に手を伸ばすのを横目に「……お、お行儀《ぎょうぎ》が悪くてよ、冬夜お兄さま」と視線をさまよわせる櫻子は、彼の目が優しげに細められたことに気づかない。

「いいえ、本当に。ここの食堂の味も決して悪くはないのですが、私は櫻子さんの作ってくれるものが格別に好きで。いつもありがとうございます。特に今日はこれだけたくさん、作るのも手間だったでしょう」

「べ、別に、お料理は好きですもの。お献立《こんだて》を考えるのも作るのも楽しいから、わたくしのためでもありますのよ」

「おや嬉しい。照れてくれるんですね」

「……もう！　お兄さま！　早く食堂に行ってらして！」

いよいよ真っ赤になって声を張り上げる櫻子に、冬夜は声を立てて笑った。彼の笑顔は少しあどけなくて、それは昔から変わらない。少年めいた、どこか無防備なその表情を見るにつけ、櫻子の心臓はいつも甘ったるく騒ぎ始める。

（冬夜お兄さまがこんな顔をされるのは、わたくしの前だからかしら。でも、……たとえば朽縄さまもきっと、もっと近くでご覧になっておいでよね）

他の誰かにも、彼はこんな風に笑いかけるのだろうか。自分の知らない顔が、まだまだあるのかしら。それと同じ、否《いな》、なんならもっと彩り鮮やかな感情を、いずれは櫻子ではなく異母姉に曝《さら》け出すようになるのかも。そう思うと、甘かったはずの胸のざわめきには、どこか切ない苦味が混じる。そして、――その不可思議な甘さも苦さも、深く理由を探るのは危険な気がしていた。

内心の葛藤《かっとう》を隠し、手早く包み直した重箱を冬夜に押し付ける。ついでにぐいぐい戸口に向けてその黒い背を追い出しにかかっていると、彼はふと首をこちらに振り向けた。

「そうだ、櫻子さん。今度の日曜は空《あ》いていますか」

「日曜ですか？　はい。空いておりますわ」

きょとんとしつつ櫻子が顎《あご》を引くと、「よかった」と冬夜は口端を上げた。

「私も久しぶりに休みが取れそうなんです。よければ、白金座の六花《りっか》百貨店にご一緒しませんか」

「！　六花百貨店に？」

「ええ。櫻子さん、前に行きたいとおっしゃってましたよね。中に洋食が美味《おい》しいレストランがあるそうですから、よければ食事もそこで」

白金座は、帝都きってのおしゃれな街だ。そこの中心部に先日落成したばかりの、五階建ての西大陸風建築の大百貨店は、このところ東京中の話題をさらっている。開店したら行ってみたいと、確かに以前言った記憶があるけれど。まさか覚えてくれていたとは。

（嬉しい）

「櫻子さんには、こうしていつも何かと心を砕《くだ》いてもらっていますから。少しでもお礼になるといいのですが」

続く冬夜の言葉にも、胸が高鳴る。思わずぎゅうっと拳を握った櫻子だが、慌てて「いけないいけない」と首を振った。

「……せっかくのお誘いですけれど。貴重なお休み、冬夜お兄さまはご自身を労《いたわ》った方がよろしくてよ。それにお兄さまとお買い物をすると、わたくしとっても甘やかされすぎていけませんわ。お着物もお化粧品《けしょうひん》も装身具もお菓子も、なんでも買ってくださろうとするのだもの。日毎《ひごと》懸命に働いて稼《かせ》いだお金を、これ以上散財させるわけには参りませんわ」

「そうですか……仕方ないですね。では、同じ休みを利用して私の一存でしこたま買い込んだものを、今度大八車《だいはちぐるま》に積んでお屋敷まで伺《うかが》うとしましょう」

「ぜひご一緒させていただきます……」

さも残念そうに恐ろしいことを宣《のたま》うので、櫻子は即座に手のひらを返すはめになった。やると言ったら本当にやりかねないのがこの男だ。思わず櫻子は額を押さえた。

「冬夜お兄さまったら、本当に！」

「これくらい許してください。君を甘やかすのが、何よりも私の休養になるんです」

「なぁに、それ。もう」

奇妙な言い種《ぐさ》に眉尻《まゆじり》を下げつつ、櫻子は今度こそ扉に向けて冬夜を追い立てた。押されつつも「これのお裾《すそ》分《わ》けを届けがてら邸《やしき》までの車を手配してきますから、少しだけそこの長椅子《ながいす》に座って待っていてくださいますか。すぐ戻ります」と言う冬夜に、「はい」と顎を引く。さらに「忘れていました。待っている間に口寂しければ、机の中に櫻子さんが来た時用にと金平糖《こんぺいとう》を買ってあって」と続いたので、「いいから早く行ってくださいな！」と頰《ほお》を染める。砂糖菓子の買い置きを机にって。どれだけ甘やかすつもりなのか。

「それでは、後ほど。許嫁《いいなずけ》どの」

——不意に。

するり、と頰に冷たい感触があったかと思えば。手袋を外したままの冬夜の手が、肌の上をなぞっていた。驚いて見上げた先には、赤と金の一対《つい》。櫻子を見下ろすそれは、どこまでも優しく柔らかいようで、奥に微《かす》かな熱の気配がある。まるで眩《まぶ》しいものに焦がれるがごとく。炭に隠れた熾火《おきび》にも似てひそやかに。

どき、と心臓がひときわ強く高鳴る。ひんやりした長い指は、顎までの輪郭《りんかく》を確かめるようになぞった後は、薄く開かれたままの唇を掠《かす》めて離れていった。

「いい子で待っていてくださいね」

口を金魚よろしく開け閉めさせる櫻子の様子など素知らぬ風で、にこ、ときれいに微笑《ほほえ》んで。冬夜は今度こそ扉の向こうに消える。部屋には、呆然《ぼうぜん》としたまま顔中真っ赤に染め上げた櫻子だけが残された。

（い、い、今の、なに）

なんだろう、混乱の極《きわ》みだが、これだけはわかる。――なんだかんだと、また流されてしまった。

櫻子はそっとため息をついた。

＊

「愛《いと》しの許嫁とお話は終わられました？　烏花蛇大尉どの」

「誰も聞きやしないから、その慇懃《いんぎん》無礼《ぶれい》で不気味な言葉遣いは改めていいですよ。玲」

さて――風呂敷包みを片手に廊下《ろうか》に出た瞬間、音もなく隣に並んだ幼馴染《おさななじみ》の青年に、冬夜はあからさまな半眼《はんがん》を向けた。相手はからりと笑って、「おうよー、そうだったそうだった」と流してくる。こういうところは昔から変わらない、と冬夜も肩の力を抜く。

「ってかそれ言うなら、お前こそ、その敬意払う気皆無のカタチダケ敬語は改めろよ。ほんの十年ほど前はおれの数倍ガラ悪かったじゃん。ついでに手癖足癖《てくせあしくせ》もな」

「失敬《しっけい》。私は素の方を改めたいのでね。そっちが慣れてください」

「勝手だなおい。だいたいお前の一人称が私ってのも気色悪ぃっての……あ、荷物おれが持つわ。いちおうおれのが格下だし、ってかお前の侍獣だし？」

冬夜から風呂敷をもぎとるや否や手元に熱視線を注ぐ玲は、やはり中身が気になるらしい。「赤飯と稲荷寿司と、握り飯と煮しめ、あとだし巻き卵とおひたし」と品揃えの一部を挙げてやると、「おれ、あの子の手料理好きなんだよなあ」とさらによだれを垂らさんばかりに目の輝きが増したので、後頭部を一発小突いておくことにした。

「いてっ。なにすんだよ。……いや冬夜さあ、いっつもお裾分けくれるのお前からじゃん。そのくせ殺気滲《にじ》ませんのやめろよな」

「何を今更。『たくさん作ったので皆さんで』というあの子の心配りを無下《むげ》にしたくないから、仕方なく他の連中にも振る舞っているだけです。本当は、他の男になんて米ひとつぶたりとも譲《ゆず》りたくないに決まっているでしょう」

「胃袋破裂すんぞ」

心せまいな！　と呆《あき》れ顔の玲に「狭くて結構」と平然と返しつつ、冬夜は先ほどの櫻子とのやりとりを反芻《はんすう》してみる。

知り合ってから早五年。距離を地道に縮め続けた甲斐《かい》あってか、彼女にじわりと気持ちが通じつつある気配があるのは喜ばしいことだ。「早く食堂に行ってらして！」と、ほのかに染まった頰を膨《ふく》らませていた許嫁の姿を思い出し、冬夜はわずかに唇を緩《ゆる》めた。

その表情の変化を薄気味悪そうに眺めていた玲が、ふと冷やかすようにつついてくる。

「にしてもお前の櫻子嬢への偏愛、だーいぶ分かりやすく固まってるもんだよな。他の男への牽制《けんせい》に、自分の鱗《うろこ》入りの守り袋まで渡しちゃってさあ。あれのせいでうちの連中、誰も彼もみんな怖がっちゃって彼女にろくに話しかけられないじゃん。こう、敵を遠ざけつつ標的には搦《から》め手から距離狭めてスルスル巻き付いてくの。すげえ蛇って感じ」

「まあ、否定はしません。逃がしたくないのは事実ですし」

「言い方な。やだわー、ほんと蛇怖いわ」

「君も蛇でしょうに」

「誰かさんのおかげでなー」

玲は肩をすくめた。一方で冬夜は、ふと思案を巡らせる。

（……そうだ。夜刀の鱗は、普通なら近寄ることすら厭《いと》うもの。それを彼女は、受け取る時に綺麗《きれい》だと言ってくれた。じゃあ、望みが薄いわけではない……はずなんだがな）

果たして、幼馴染の言う通り。冬夜は蛇だ。愛し方はおよそ人のそれではない。

執念深く、独占欲が強く、――それだけに、想いを捧げる相手を定めた後は、死ぬまで一途《いちず》。霊獣の異能が強ければ強いほど、その性質も高くなる傾向にあるときた。

あくまで一般論だが、最強と謳《うた》われる夜刀神を宿しているにもかかわらず、十五になるまで冬夜には、ほとんど蛇憑きの実感がなかった。かように独特な心の傾け方など、なんなら一生縁がないと思っていた。あの日、櫻子に会うまでは。

とはいえ正直な話。冬夜にとって緋鳳院櫻子の第一印象は、「いかにも気の強そうな、良家の令嬢」以外の何者でもなく。おそらく気が合わないだろうな、とすら思ったほどだ。それがわずか数刻後にはすっかり覆《くつがえ》されていたのだから恐れ入る。

――短期間で言葉や所作《しょさ》を磨《みが》いてらっしゃるとすれば、相応に努力されたという証拠。それは欠点ではなくむしろ美点と呼ぶべきものです。

十歳の幼さと同時に、自分よりずっと長く生きているような達観と潔《いさぎよ》さを持ち合わせた櫻子は、実に不思議な人物だった。あの見合いの日、彼女と二人きりで言葉を交わした後、冬夜は唐突《とうとつ》に己の蛇憑きたる所以《ゆえん》を自覚した。――これがいい、自分のものだ、と。

何もせずとも八年待てば、妻としての彼女は手に入るはず。最初はそれでもよかったけれど、いつの間にか欲をかくようになってしまった。嫌われていない、では足りない。もっと欲しい。もっとそばで、もっと深く。なぜなら五年の歳月をかけて、冬夜の蛇性はすっかりと櫻子を番《つがい》と決めてしまった。他ではもはや、どうしたって替えがきかないのだ。

——だというのに櫻子ときたら。こうして、心を込めた見舞いや祝いを持ってきてくれるかと思えば、一線を引くがごとく「お兄さま」をことさらに強調して呼んでみたり。休日を一緒に過ごそうと誘えば、確かに喜色を浮かべたはずなのに妙な遠慮《えんりょ》をしたり。どうにも思うようにいかない。

（……我ながら翻弄《ほんろう》されてる……）

前髪をかき回し、冬夜は内心でごちる。

おまけに度し難いことに——彼女の方は、「そのうち冬夜に本気で好きになれそうな相手ができたら婚約は破談になる」という、ありもしない可能性を捨て去ってはいないらしく。時折、物憂《ものう》げな表情や、好意に戸惑うような素ぶりを見せる。

（あの子はかなりや憑きだ。婚約に関して何か悩みがあるのは最初から知っているし、不自然に俺と距離をとりたがるのも、そこに原因がありそうなものだが……自分から話してくれない限り、何も問いただすことはできない）

どんな危険や心配ごとが待ち受けていたとして、必ず守ってみせるのに。どうにかして安心させてやりたくても、そう単純な問題ではなさそうなことも、気がかりだった。

とりあえずは、白金座の百貨店に行く約束を無事に取り付けられただけでも幸いとしよう。……そろそろ、もう一歩、を踏み込みたいから。

（しかし――）

同じだけの想いを返してもらうには時間がかかるとして、確実に目指すところに近づいてはいる。……そう信じて、ここまできたけれど。

望みはあるという見立て自体、おめでたい考え違いだったとしたら？　かなりやの予知だのはなんの関係もなく、彼女からきっぱりと拒絶されてしまうことがあったなら。その時己の内の蛇がどんな行動に出るのか、冬夜にも予想がつかない。

たとえばこの手を逃れて、どこぞに飛んでいこうというのならば。

（――ひと呑《の》みに、してしまおうか）

静かになった冬夜をしかめっつらで眺めていた玲だが、なんとなく察するところがあったらしい。さすが、互いに互いを知りすぎた竹馬の友だ。

「……あーあ。せっかくいいコなのに。厄介《やっかい》なのに捕まったもんだよなあ、櫻子嬢も」

「素直に捕まってくれるなら、私も苦労がなかったんですがね」

「厄介は否定しねえのな」

金色の頭をボリボリ掻《か》いて深々とため息をつく幼馴染に唇の端だけ上げてやると、相手には「その笑い方やめろよ」と嫌そうに口を曲げられた。

＊

一方。冬夜が出ていった部屋で、櫻子はぼんやりと彼の背が消えた扉を見つめていた。頬《ほお》と唇に、まだ冬夜の残していった指の感触が残っている心地がする。いつまでも立ちっぱなしでいられないので、勧められた長椅子《ながいす》の端っこにちょこんと腰掛けたが、視線はなかなか同じところから離せない。

（……こんなことでわたくし、ちゃんと冬夜お兄さまとお別れできるのかしら）

まったく。冬夜には、始終なんとも翻弄されっぱなしだ――と視線を俯《うつむ》ける櫻子は、全く同じ感想を、扉の向こうで許嫁《いいなずけ》が抱えていることなど知る由《よし》もない。

冬夜に捨てられた後の予定なら、割と具体的に想像できるのに、と。櫻子は顔を顰《しか》める。

婚約を一度解消された後でも新たに良縁があるかもしれないなどと甘いことは考えず、基本的には手に職をつける腹づもりだ。職業婦人としてめぼしい仕事は、高望みならタイピストや電話交換手、妥当《だとう》なところで食堂の女給か下働きか。タイプライタアは折を見て勉強しているし、東西の諸外国語も特に力を入れて学んでいるから、その辺りの技能を買ってくれる雇用主がうまく見つかればいいけれど。

──なんて、細々した戦略は立てているくせに。肝心《かんじん》の「冬夜から離れる」というその一点に関してだけ、どうしても、もやもやと踏ん切りがつかないのだった。泣けど喚《わめ》けど、伊織が現れればその後の展開は決まっているというのに。そしてそれは、予知通りなら、ほんの目と鼻の先の未来のはず。

（……先が思いやられますわね）

「はあ……」

思わず深いため息をついた、その時だった。

「ため息はいけないな、お嬢さん。幸せが逃げる」

誰もいないはずの室内で、声が──それも、真横から響いたものだから。

「は⁉」

櫻子は飛び退るように立ち上がった。絶叫しなかっただけ褒《ほ》めてもらいたい。

慌てて先ほどまで腰掛けていた場所の隣に目を向けると、そこにはいつの間にか──本当に、いつの間にやらだ──見たこともない男が一人、座っていた。

（え、……誰？）

呆気《あっけ》に取られて口を半開きにしたまま、櫻子は相手を見下ろした。

──奇妙なほど存在感のある男だった。

歳《とし》は三十手前ほどだろうか。そして、冬夜に負けず劣らず美しい男性というものを、櫻子は生まれて初めて見た。もっとも両者はまったく性質が異なっている。どこか繊細《せんさい》で影のある冬夜と違い、なんというか、目の前の男は、やたら燦然《さんぜん》と輝かしくも眩《まぶ》しい。眉《まゆ》のくっきりした彫りの深い顔立ちは、どこか倭文人離《しどりじん》れしていて、細身だが引き締まった体《たい》軀《く》に貧相な感じはせず、座っていてもかなり上背《うわぜい》があることが見て取れる。

見事な純銀色の髪は腰をすぎるほどだが、編んで肩から垂らしているので、本来はもっと丈があるのかもしれない。薄い唇は優美な弧を形づくり、長く濃いまつ毛の下で、まるで深い海のような群青色《ぐんじょういろ》の瞳が、澄んだ光を湛《たた》えてこちらを見つめていた。

服装も珍しい。深藍《ふかあい》の着流しや、貝の口に結んだ柿渋色《かきしぶいろ》の細帯は男物でも、羽織《はお》っているのは女物の黒い風通御召《ふうつうおめし》。おまけに若い娘が好むような揚羽蝶文《あげはちょうもん》の長着《ながぎ》である。風変わりな着こなしだが、彼の持つ独特の雰囲気《ふんいき》や姿のよさがあいまって、それが不思議と洒落《しゃれ》て上品に馴染《なじ》んでいた。

(でも、この格好は……？　だってここは北東部隊の本部なのに。どうして軍服ではないの？)

当然の疑問を覚えて首を傾《かし》げた櫻子だ。

「ああ、すまない。驚かせる気はなかったんだがね。君がどうにも物憂げな顔をして、悩みごとに耽《ふけ》っているようだったから、つい」

鷹揚《おうよう》に片手を上げて、見知らぬ奇妙な男は呵呵《かか》と笑って言ってのけた。

「し、……失礼ですが、ど、ど、どちら様でいらっしゃいます……？」

驚き醒《さ》めやらず、どうどうと暴れる心臓のあたりを押さえつつ質問をする櫻子に、謎の男は「おや」と眉を開いた。

「これは失敬《しっけい》。俺は、そうだな——君がさっきまで語らっていた青年の、新しい上官のようなものさ。名前は……常盤《ときわ》とでも呼んでくれ」

常盤、と櫻子は心中で聴いたばかりの名を繰り返す。ついでに束の間で記憶を総ざらえしてみたが、やはりとんと覚えがなかった。

「……はあ」

「どうぞお見知り置きを、愛らしいお嬢さん。それにしても我ながらうっかりしていた。君の心を悩ませる困りごとが気がかりすぎて、名乗るのを忘れるとは……」

ということはやはり軍人で、将校なのだろうか。固まったまま呆然《ぼうぜん》と口上を聞いていた櫻子は、流れるように手を取られて指先に口づけられたところで、「ひえっ」と悲鳴を上げて腕を引き抜いた。次いで「おや、西洋の挨拶《あいさつ》は慣れないかな。初々《ういうい》しいことだ」と的《まと》外《はず》れな感想と共に頷《うなず》いている奇妙な男——常盤とか言っていた——を睨《にら》みつける。

（お兄さまの新しい上官ってことは……それにこの様子。間違いないわ。このかたね。冬夜お兄さまがおっしゃっていた『さる高貴な御仁《ごじん》』って！）

――では、要するに彼の寝食の時間を削る代わりに下瞼《したまぶた》にクマを追加してくれたのは、目の前にいるこの男ということだ。ついでに冬夜は、「奴は今も絶賛逃亡中だ」というようなことを言っていたような。

「まあそうでしたか。わたくし緋鳳院櫻子と申します。……冬夜お兄さ、……ではなく烏花蛇がいつもお世話になっておりまして。では、さっそく彼を呼んで参りますわね」

引き攣《つ》った表情筋を動かして微笑《ほほえ》むなり踵《きびす》を返そうとした櫻子の手を、「……まあ待ちたまえ！」とやや必死な形相《ぎょうそう》で男――常盤が摑《つか》む。

「今あいつに見つかるとまずいんだ。次は猿轡《さるぐつわ》を噛《か》ませて簀《す》巻きにしてから木箱に詰めて上から釘を打ち付けると宣言されている」

「あらそうですの、お話は烏花蛇からかねがね。二週間に三度ほど深刻な女性問題を起こされたとか」

「ん？　三度？　四度ではなくてか？　……あ、すまん。いや誤解だ。彼女たちとは多少の認識の齟齬《そご》があっただけなんだ！」

「……」

先ほど冬夜から話を聞いた時は、規律の厳しい軍において、仮にも上官にそんな雑な扱いをして平気なものか……と懸念《けねん》したものだが。今、とてもとても納得した櫻子だ。

「……仕方ないだろう、みんな違ってみんな平等にかわいいんだから！」

だんだん己を見つめる翡翠《ひすい》の瞳が寒々と凍えてきたのを察したものか、常盤は勇ましい眉根を寄せて声高に最低な主張をしている。「やっぱり問答無用で冬夜お兄さまを呼びに行こう、むしろ大声を出して人を呼ぼうか」と考えていた櫻子は、次に続いた常盤の一言に目を見張った。

「いや本当に待ってくれ。俺はむしろ君に話があるんだよ。かなりや憑《つ》きのお嬢さん」

「え」

摑まれた腕を振り払うところだった櫻子は、動きを止めて、相手の群青色の眼をまじまじと見る。

「……わたくしの霊獣のこと、冬夜お兄さまから聞いていらっしゃいますの？」

「いや？　だって君はあいつの許嫁だよな。あいつ、俺が何度君の話をせがんでも『あんたに話すとあの子が減るから嫌です』の一点張りでなあ。勝手に調べるのも無粋《ぶすい》だし、かなりや憑きだというのは今知ったことさ」

しかし君、蛇婿《へびむこ》はいいぞ。絶対に浮気をしない。代わりに自分の心に決めた女がよそに目移りしようものなら、どんな手段を使ってでも相手を食い殺しに行くのが難点だが、など。しれっと朗《ほが》らかに怖い情報を付け足しつつ、常盤はうんうんと顎《あご》に指をやってひとり頷いている。

「いえ、ですから……」

冬夜の「減る」発言うんぬんはおそらく話を盛っているのだろうから聞き流すとして。問題は、どうして「今」それを知り得たのかという話で。冬夜の夜刀神などと違い、櫻子の霊獣は儚《はかな》く、気配も希薄だ。霊獣の種類どころか、依巫《よりまし》だとすら見てわかるものではない。一瞬、久しく姿を顕現《けんげん》していなかったかなりやが肩に留まっているのかと思ったが、己の体を見下ろしてみても、緋色《ひいろ》の小鳥の姿はどこにもなかった。

「そう不思議なことでもないさ。直霊《なおひ》を降ろした子は、見ればすぐにわかるものだ。俺には、だがね」

やっと余裕を取り戻したのか、腕を組んで満足そうに笑う常盤に、櫻子は眉根を寄せる。……霊獣を言い当てられたことなんて、生まれて初めてだ。おまけに相手は、こんなことまで宣《のたま》うのである。

「それにしてもかなりや憑きとは大変なことだな。霊獣かなりやは気難し屋だ。未来を知る能力なんて強すぎるものを授かったばかりに、意図的な制御は難しいし、それでいてひとたび異能が発現すれば負担が大きすぎて倒れてしまうしなあ。おまけにかなりやの予知は、下手《へた》に回避すると、別の危険に変化することもありうるもんだから」

「えっ⁉　……ど、どういうことですの？」

前半は医者から聞き覚えがあるが、後半は初耳だ。ぎょっとして問いかける櫻子に、常盤は「うーん」と大袈裟《おおげさ》に頭を振った。

「なんといえばいいかな。風が吹けば桶屋《おけや》が儲《もう》かる……でもなく。たとえば、君の頭上に植木鉢《うえきばち》が振ってくる未来をかなりやが見せたとして。君はもちろん頭蓋《ずがい》をかち割られたくないから、それが分かれば植木鉢を避けるだろう」

「……は、はい」

「だが、避けた時に割れた破片が飛び散って、君の眼球に刺さって失明させるかもしれないし、ともすると喉《のど》を深く突いて死なせてしまうかもしれない。それに、君が避けることで、君の隣に偶然居合わせた人間が、代わりに植木鉢の直撃を喰らう可能性だってある」

そういう那由多《なゆた》もの分岐《ぶんき》する道筋があったとして、残念ながら、かなりやの予知は基本的にそこまでは領域外なんだよ、と常盤は続けた。

「かなりやの気分如何《いかん》では、君の行動によってすげ替わってしまった別途の未来を見せてくれる場合もある。それも運任せだ。何せあいつは気まぐれだからな」

「……わたくしの立ち回り次第で、わたくし自身だけでなく、悪くするとそばにいる別の誰かが危険に晒《さら》される……？」

「まあ、平たく言うとそういうことだな。そうだ、ついでにもう一つ。かなりやは宿主に迫る危険を予知できるが、全てを報せてくれるわけではない」

植木鉢の難を無事に回避できたとして、翌日さっそく、今度は通り魔に襲われて殺される未来があったとする。しかし、かなりやが「報せる」と決めたのは植木鉢の件だけで、通り魔については興味の埒外《らちがい》ということもありうるのだと。たとえ、通り魔の存在を知らずにその道を選んだ櫻子が、死んでしまうことが分かりきっていても。

「もちろんかなりやが立て続けに警告をくれて通り魔の害をお嬢さんが避けえたとして、何も手を打たない限り、別の誰かが同じところで襲われる事実に変わりはない。果たして何がお気に召す予知で、何がお気に召さないものかは、まさに神《かなりや》のみぞ知る、ということさ。お嬢さんにはありがたくない話だろうがね。――知っていたかい？」

「……いいえ、ちっとも」

だろうなあ、とやたら明るく頷く常盤に、櫻子は顔から血の気が引いていくのを感じていた。

（……考えたこともなかった。かなりやの予知に、そんな落とし穴があったなんて）

唇を噛んで俯《うつむ》く櫻子の顔を表情も変えずに眺めていた常盤だが、そこで「おっと」と肩を揺らす。

「あいつが戻ってきたようだ。俺はこれで失礼するよ」

「え」

「それじゃあな、愛らしいお嬢さん！　どんな未来を予見していたにせよ、君が無事に生き残って、また会えることを祈っているよ。君のような美しい女性が死ぬのはわが国の大きな損失だからな！　そうだ、俺に会ったことはくれぐれも内密に」

不吉な台詞《せりふ》を残すや否《いな》や、常盤はさっと立ち上がると、部屋の奥の窓を開いてそこから身を翻《ひるがえ》した。銀色の長い三つ編みが、窓枠《まどわく》の向こうに光る尾を引く。

（!?　ここ三階……！）

慌てて窓に駆け寄った櫻子の眼下には、誰もいない演習場が広がるばかり。――常盤の姿は、幻のように消えてしまっていた。

「……？」

どういうことだ。先ほどまで話していたのは、一体……。

思わず首を傾《かし》げた瞬間、コンコンと控えめに扉が叩かれ、「……どうしました、櫻子さん？」と冬夜が顔を覗《のぞ》かせたのだった。

＊

――かなりやの危険予知は、知った者の行動如何で、別の危険にも変わりうる。

その話を聞いてから、家でも女学校でも、櫻子はまた鬱々《うつうつ》と悩む羽目になった。なお、常盤の話をするとかなりやの見せた予知の件まで言うはめになりそうで、櫻子は結局、あの出会いを、冬夜はじめ誰にも話せずにいる。

（わたくしは、どうすべきなのかしら……）

この胸で育ちつつある、今まで見ないようにしてきた想いの種類。その意味を、櫻子は薄々悟りつつあった。

（今のわたくしは、冬夜お兄さまを……。今までは、それこそ『お兄さま』としてお慕《した》いしていたはずで。ずっとそのままでいるつもり……だったけれど。きっとその『慕う気持ち』は、もう、よくない方向に進みつつある）

頰《ほお》に触れた彼の指先の温度を、まだ覚えている。

そう遠くないいつか異母姉が現れたとき、彼の愛《いと》おしげな眼差《まなざ》しのすべてがそちらに向けられることに、耐えられるのだろうか。……否。ずっと耐えられると思っていたけれど。

最近、自信がない。

(わたくしが道を決めあぐねていつまでもお兄さまのそばにいるせいで、危険が去り切らずに……結局、緋鳳院家も、彼のことすらも、破滅に追い込むのでは)

いっそ、予定を繰り上げて家を出て、とっとと自立するのはどうだろう。彼と関わりを持たずに済むように、帝都からも離れ、うんと遠くで暮らす。そうすれば冬夜のことを、ちゃんと忘れられるだろうか。

そもそも忘れる必要もないのかもしれない。どうせ結婚なんて諦めて、生涯職業婦人を目指していた身だ。元婚約者を引きずったまま他の人に嫁《とつ》ぐなんて四方八方に失礼千万な話で、ならば彼はもちろん、誰とも一生結婚しなければいいのでは——

(あら。さらっと結論出たような。そうね……。いっそ独り身を貫けば、心静かに人生を送れるわよね……?　そのはず、なのだけれど)

おかしい。思い切りのよさは自分の特技のはずなのだが。どうにもこのところ、後ろ向きにグジグジとしていけない。ぱん、と音を立てて櫻子は己の両頬を叩く。このままでは、感傷に浸っているうちに、時間切れになってしまう。彼といい関係を保持できている今の間に、踏ん切りをつけてしまわなければ……。

まさか、冬夜がとっくの昔に己に心を定めていることなど思いもよらない櫻子は、見当違いの煩悶《はんもん》を抱えたまま。百貨店に行く約束の日まで、粛々《しゅくしゅく》と日めくりをちぎるのだった。

——そうして迎えた日曜日。

「すみません、遅くなりました」

待ち合わせ場所である、東京白金座、瓦斯燈《がすとう》通りの入り口広場で。綺麗《きれい》に敷き詰められた花崗岩《かこうがん》の石畳《いしだたみ》の上を行ったり来たりしつつ、そわついた気持ちで過ごしていた櫻子は、謝罪と共に駆けてきた冬夜に目を見張った。

「私服に着替えてくる予定だったのですが、時間がなく……こんな格好で申し訳ない」

そう言う彼は、腰にサーベルこそ帯びていないものの、常の黒い略装軍服姿だ。そのこと自体は、ここ東京では特に珍しいものではない。帝都を守護する軍人であることは尊敬の対象であるため、物珍しい目で見られることもなく、当然櫻子も気になりはしない。が、それはそれとして——「大丈夫ですわ、わたくしはさほど待っておりません」と断りつつ、櫻子は首を傾げる。

「ええと、冬夜お兄さま。今日はお仕事、お休みのはずでは……」

「朝から急な任務が入りまして。どうにか片付けたので、現場からその足で来ました」

苦笑混じりに告げられ、櫻子はこれはと翡翠《ひすい》の目を翳《かげ》らせる。

「もしかして例の『さる高貴な御仁《ごじん》』由来の……？」

「いえ、今回はまた別件です。北東部隊の管轄《かんかつ》区域で、大きめの禍霊《まがつひ》が出まして。人手が足りなくなったと連絡を受けて応援に出ていたので、それでですよ」

無事に討伐《とうばつ》は終えましたし、さすがに一般の方が楽しまれている場で帯刀《たいとう》するのは憚《はばか》られたのでサーベルは預けてきましたから安心してください、などと。なんでもない風に言ってのける冬夜に、櫻子はぎくりとする。

「ますます大丈夫ですの⁉　お怪我《けが》をされているのでは……」

「ありがとうございます。幸い、かすり傷もありませんよ。ただそれなりに力のある個体だったので……近隣住民と兵員には負傷者がそこそこ。救護まで見届けていたら、こんな時間になってしまいました。……ごめんね。待ちぼうけをさせて。せっかく君はこんなにすてきに装《よそお》ってくれているのに」

少しだけ言葉を崩し、赤と金の一対《つい》に申し訳なさそうな色を浮かべる冬夜に、櫻子は慌ててかぶりを振る。

「お仕事は大切です！　むしろ、そんな時に来ていただいてよかったのかしらと！」

そして周回遅れで、「すてきに装ってきた」櫻子に冬夜が気づいてくれたことに、頬が熱くなる。

　今日は特に気合を入れて、赤い髪は丁寧《ていねい》に編んでカチューシャのように頭に巻き付ける、ガバレットに結《ゆわ》いてきた。普段使いの乙女椿《おとめつばき》の代わりに、冬夜にもらった鼈甲《べっこう》の蝶に花珠《はなだま》真珠《しんじゅ》をあしらったかんざしを挿し。長着も、こきっとした鴇色《ときいろ》の地に、ほぐし捺染《なっせん》で薔薇《ばら》薬玉《くすだま》を散らしたハイカラな銘仙《めいせん》だ。帯は山吹色《やまぶきいろ》の鱗紋《うろこもん》。どちらもかんざしと同じく、冬夜にもらったものだった。今様なメリヤスの刺繍半襟《ししゅうはんえり》や金糸織の三分紐、紫玉髄《むらさきぎょくずい》の帯留も同様である。

「贈ったものを使ってくださって嬉しいです。よくお似合いですよ」

　櫻子の照れに気がついたものか、冬夜は重ねて褒《ほ》めてくれた。しかし、途中で何かに気づいたように目を瞠《みは》る。

「おや。……今日は、あの守り袋は持っていないんですね」

「ええ、ちょっと今日は忘れてしまって……」

　やや残念そうな冬夜に、櫻子は視線を泳がせる。

（だってあのお守り袋は！　持っているだけで、わたくしを中心に円ができるくらい人が離れていくのだもの！）

　せっかくよかれと渡してくれた冬夜には口が裂けても言えないが、今日行くのは、帝都東京で今一番注目を浴びていると言っても過言ではない、落成したての六花百貨店だ。極め付きに日曜日ときた。大勢の人が詰めかけるそんなところで、自分を避けるようにぽっかりと人の穴があく光景を想像するだけで、櫻子は申し訳なさに悶絶《もんぜつ》しそうになる。

うしろめたさにそわつく櫻子に、「忘れたならしかたないですよ」と冬夜はくすりと笑ってくれた。しかし、余計な軽口がくっついてくる。

「まあ私としては、自分の鱗をあなたが肌身離さず持っていてくれたほうが嬉しいんですけどね」

「……か、揶揄《からか》わないでくださいな！　もう、早く参りましょう！」

彼に背を向けてずんずん先に歩きつつ、櫻子は耳まで真っ赤になった顔を俯《うつむ》けた。

六花百貨店は、このところ都心部で主流となった高層の洋風建築の中でも、最先端の輝きを放つものだ。

倭文初の「百貨店」という触れ込み通り、七階建ての白亜の四角い館内には、屋上に庭園まで備え、各層には呉服店ばかりでなく洋品、化粧品《けしょうひん》、服飾雑貨や子供用品を扱う店、菓子屋や惣菜《そうざい》屋、果ては特別食堂や演劇場まで広く取り揃えられている。

（わあ……！）

初めて訪れる百貨店は、櫻子にとって驚きの連続だった。

上階まで吹き抜けになった広い玄関ホオルには、縁起《えんぎ》のいい菊水紋の花毛氈《はなもうせん》が敷き詰められ、見上げるほど高い天井からは、光の滝のような意匠《いしょう》の巨大なシャンデリヤが、いくつもぶら下がっている。その下に、ガラスケースに覆《おお》われたたくさんの品々が陳列されていた。大粒の珊瑚玉《さんごだま》に金の萼《がく》をつけた、鬼灯《ほおずき》の実のような首飾り。西洋菊のコサージュ。何より目を引くのは、綺麗に人形に着せつけられた、流行《はや》りのモダンなドレスたち。

まるで西大陸のお伽噺《とぎばなし》に出てくる、お姫様の暮らすお城のようだ、と。次々と目に飛び込んでくるもの全てに、櫻子はきらきらと目を輝かせた。緋鳳院の落ち目な経済状況に合わせて普段は質素倹約に努めているものの、本当は、可愛《かわい》いものが大好きなのだ。

（すてき！　ねこと西洋音符柄のドレスがある。なんて素敵な緋色《ひいろ》なの……。あっ、この間新聞の広告で見た、新発売の七色おしろいがある。淡い色合いの虹を挽《ひ》いて粉にしたようで、とても綺麗。こっちのレエスの日傘は、お母さまに似合いそう）

あれこれと目移りしていると、冬夜が「試着してみますか」と何げなく尋ねてくる。うっかり「はい」と乗りかけたが、おそらく櫻子が嬉々として試着室に入った瞬間に会計まで済まされてしまうオチが見えているので、すんでのところで「見るだけで十分ですわ」とすまし顔を取り繕《つくろ》う。「残念」と冬夜は苦笑していた。

そうして、折につけ何くれと買い与えようとする冬夜の攻勢をかわしつつ、――自分たち同様、物珍しい百貨店を一目見ようと訪れたたくさんの人々の群れを縫《ぬ》うように、二人で館内を見物して回る。細緻《さいち》な細工で作られた鉄の箱を上下させる最新式のエレベーターに乗り、迷路のような各層を順繰りに巡った。

そのうちに。

(……あ)

たくさんのガラスケースの中に、ふと見つけてしまったとあるものに、櫻子は眉《まゆ》を曇らせる。——それは、このところ西から入ってきたばかりの文化。結婚指輪と、婚約指輪の展示だった。

夫婦が、その関係の証《あかし》に揃いの意匠の品をつける結婚指輪。それから、こちらは結婚指輪よりももっと近年になって入ってきた習慣で、大ぶりな宝石をあしらった豪奢《ごうしゃ》な品を男性から女性に贈る婚約指輪。

女学校の友人たちから「憧れですわよね」と話にのみ聞く二種の指輪は、いずれにしても左手の薬指に、決まった相手から嵌《は》めてもらうもので。それは、十指の中で、そこが一番心の臓に近いのが由来だとか。金剛石《こんごうせき》や紅玉《こうぎょく》や藍玉《あいだま》、カンラン石などに彩られ、色とりどりの輝きを放つ婚約指輪を眺め、櫻子は我知らずきゅっと唇を結んだ。

——一瞬だけ。

この手をとって、彼が自分の薬指に指輪をくぐらせる瞬間を。

(冬夜お兄さまが、……私に贈ってくださるところを想像してしまった)

かなりやの予知から、まだ五年しか経っていないのに、この為体《ていたらく》はどうしたことか。己の弱さとはしたなさを、櫻子は恥じた。

「何か気になるものがありましたか?」

ガラスケースを見つめる様子に気づいた冬夜に尋ねられ、櫻子は「いいえ!」と慌てて首を振る。

「珍しいな、と思って、ちょっとぼうっと見ていただけですわ!　興味なんてこれっぽっちもございませんことよ」

「そうですか」

なぜかクスリと笑われたのは解せないが、とりあえず納得してはもらえたらしい。なんとなくばつが悪くなって、櫻子は目を逸《そ》らす。その瞬間、くうと小さくお腹が鳴ったものだから。

「お腹が空《す》きましたね。上の食堂に行きましょうか」

白手袋で口元を押さえてとうとう肩を震わせ始めた冬夜に、「笑わないでくださいな!」と櫻子は別の意味で赤くなったのだった。

＊

「今日はとっても楽しかったですわ。夕食までご馳走様《ちそうさま》でございました。わたくし、ポークカツレツは初めていただきましたけれど、パン粉をつけた衣がサクサクで、デミグラス、ソース……？　がこってり深くて。本当に美味《おい》しかったです！」

最上階の特別食堂で食事をとっていたら、思いの外《ほか》会話が弾んで、すっかり遅くなってしまった。六花百貨店を出た後、人力車を拾うために石畳《いしだたみ》の表通りを彼と並んで歩きながら、櫻子は茜色《あかねいろ》に染まった空を見上げる。

冬夜といると、時間が過ぎるのがあっという間だ。巡ったばかりの百貨店の感想に始まり、女学校で習っている勉強のことや、家族や女中たちとのふとした日常の笑い話など、言いたい事が次から次へと出てくる櫻子の話に、彼は楽しそうに耳を傾けてくれる。それから、支障のない範囲で彼の仕事の話が聞けるのも嬉しい。

なお、先日櫻子が訪れた後、行方《ゆくえ》をくらませていたという「さるお方」はすぐに発見されてとっつかまったらしい。「……締め上げたら、ついでに四件目の女性問題を抱えていたのが判明して、さらに一悶着《ひともんちゃく》ありました」と額を押さえる冬夜に、櫻子はしょっぱい面《おも》持《も》ちになったものだ。……そうか。あの人、やはりか。

思い出をゆっくり反芻《はんすう》しつつ口元を緩《ゆる》ませる櫻子に、冬夜は色違いの瞳を和《なご》ませた。

「楽しんでいただけて何よりです。エビフライも頼んでくれてよかったんですよ」

「お兄さまったら。それは忘れてくださいな」

ぎりぎりまでポークカツレツとハンバーグとエビフライでメニューを迷っていたことを揶揄《からか》うように持ち出され、櫻子は頬《ほお》を膨《ふく》らませる。冬夜がハンバーグを頼んで分けてくれたが、さすがにエビフライは入らず、またの機会に再挑戦ということになった。

宵闇《よいやみ》を橙色《だいだいいろ》の明かりで薄める瓦斯灯通りを抜け、残り時間、ひとときの会話を楽しむ。

そうこうするうちに、人力車の待ち場が近づいてきた。

（とうとうこの日曜もおしまい……）

しんみりする櫻子の横で、ふと冬夜が足を止めた。

「冬夜お兄さま、どうされました?」

「いえ……本来ならさっき食堂で話すべきことだったのですが」

「……?　はい」

ためらいがちに何か告げようとする彼に、櫻子が首を傾《かし》げた時だ。

「烏花蛇大尉!」

はっきりと冬夜の名を叫ぶ声がして、櫻子は瞠目《どうもく》した。

二人同時に振り返る。そこに立っていたのは、櫻子にとってもごく親しいが、予想外の相手だ。

（朽縄《くちなわ》少尉？）

稲穂色の髪と濃い肌色は見間違いようもない。いぶかしげに「……玲？」と冬夜が呼ぶ通り、幼馴染《おさななじみ》で侍獣憑《じじゅうつ》きの青年である。

膝に両手をついて「ちょうどいいところに……」と呟《つぶや》きながら乱れた息を整える彼は、ひどく焦っている様子だった。おまけに、軍装のままだ。「どうして朽縄少尉がここに？」と啞然《あぜん》と瞠目する櫻子に、彼は軽く軍帽のつばを下げて目礼した。冬夜より先に櫻子に謝るそぶりをした――その瞬間、なんとなく、彼がこれから告げることはあまりよくないことなのでは、と直感する。

そして果たして、玲の言葉の続きは歓迎できないものだった。琥珀色《こはくいろ》の目に焦燥《しょうそう》を滲《にじ》ませ、玲は口早に捲《まく》し立てる。

「冬夜いきなり悪い、じゃなくて大尉どの休日中に申し訳ないっす！　手が足りなくて」

「手が足りないって、何が……」

「とんでもないことになっちまいました。昼間に出た禍霊《まがつひ》、よくできた分霊体だったみたいなんすよ！　つまり、本体はトカゲのしっぽきりで取り逃してたってことです。ついさっき現場検分中に発覚して、今大慌てで本体を捜索してます。俺と、鼻のきく狗神《いぬがみ》憑きの隊員とで痕跡を辿《たど》ってますが、こんな市街地のど真ん中じゃ、一刻も早く見つけないことにはどんな被害が出るか――」

「待て、玲。……声が大きい」

　玲を手で制し、冬夜は櫻子をちらりと見た。気遣わしげなまなざしに、思わずはっとする。不可抗力《ふかこうりょく》とはいえ、おそらく一般人が耳にすべきではない軍の話をうっかり聞いてしまった。櫻子は目を白黒させつつ口を押さえる。慌てて周囲を見回すが、幸い誰にも聞こえていなかったようで、道行く人々は平然としていた。

　何にせよ、危急の事態であるのは櫻子にも察せられた。逡巡《しゅんじゅん》するそぶりを見せる冬夜の袖口《そでぐち》をちょんちょんとひっぱり、先に提案する。

「あの……冬夜お兄さま。わたくし先に戻りますわ。車停めまでもう少しですもの、ここからは一人で大丈夫でしてよ。お急ぎでしょう。すぐ行ってらして」

「それはやめたほうがいい。途中大通りから外れた暗がりもありますし、帰り道が安全とは限りません」

　形のいい眉《まゆ》をひそめ、冬夜は何か考えるように少し視線を巡らせてから、「では」と口を開いた。

「すみません、櫻子さん。……すぐに片づけてきますので、待っていていただけますか。そうだ、私が迎えに来るまで、百貨店の喫茶室《きっさしつ》にいてください。屋内の方が安全ですし、そもそも賑《にぎ》やかで明るい場所を禍霊は嫌います」

「はい」

入口まで送ります、という彼を制し、櫻子は「ご心配なさらないで。このあたりは人通りも多いですから」と首を振る。鬼門鎮守《きもんちんじゅ》の主力である彼らには、一秒でも早く討伐《とうばつ》に向かってもらったほうがいい。それこそ被害が広がらないうちに。

「すんません、櫻子嬢。できるだけ早く大尉どのはお返ししますんで……」

玲は始終申し訳なさそうにしていた。「お気になさらないでくださいな」と笑って返し、櫻子は彼らの背を見送った。ふたつの黒い軍服姿は、己の前と打って変わって緊張した様子で何やら言葉を交わしながら、あっという間に雑踏に消えてしまう。

（さて……）

予想外の事態になってしまった。百貨店の閉店まではしばらく時間があるから、自分のことについてはなんの不安もいらないし、一人であるのも問題ない。が、冬夜と玲の身が心配だった。

(どうか何事もなく……他の皆さまにもお怪我《けが》なく終わりますように)

はあっとため息をつき、改めて石畳の歩道を取って返そうとした時だった。

(……あら?)

ふと妙なものを視界の端に捉えた気がして、櫻子は眉根を寄せる。

まじまじと目を凝《こ》らしてみると、細い裏通りに繋《つな》がる辻《つじ》のところに、男が一人立っていることに気がついた。

近くに住む書生《しょせい》だろうか。白いシャツの上から辛子色《からしいろ》の絣《かすり》と袴《はかま》を身につけているが、肌色は夕暮れ時でも分かるほど青白く、俯《うつむ》きがちにグラグラと頭を低く揺らしているために、顔立ちは窺《うかが》えない。どうも己の力だけで立つこともままならないらしく、近くの瓦斯灯《がすとう》にぐったりと縋《すが》っている。具合が悪いどころか、今にも倒れそうなのは一目瞭然だ。

(大変!)

櫻子は慌ててそちらに駆け寄ろうとする。なにせ下は硬い石畳なのだ。昏倒《こんとう》した拍子に頭でも打ったら一大事である。

「あなた、大丈夫ですの?」

しかし、声をかけて手を伸べたところで、書生はまるでこちらから逃れようとするかのように、するりと裏通りの方に滑り込んでしまった。

「ちょっと、お待ちになって！　そっちに行っては……」

焦ったのは櫻子である。

(今、このあたりには禍霊がうろついているかもしれないのに……！)

薄暗いほうに、たった一人で向かってしまった男が、向かった先で異形《いぎょう》のばけものに遭《そう》遇《ぐう》しないとも限らない。危ないからと叫んで止めようとも考えたが、やはりだめだ。広場にいる人々をむやみに不安に晒《さら》してしまう。

(もう……！)

迷ううちに、書生風の男の背はみるみる遠ざかっていく。放っておけるわけがない。櫻子は、思い切ってそちらに駆け出した。


あからさまに気分が悪そうにしていたくせに、男はやたらと足が速かった。

彼を追いかけるうちに幾度角を曲がり、どんな道を走り、ここにたどり着いたものか。櫻子はほとんど覚えていない。

「はあ、はあっ……」

しかし、気づいた時には車停めの広場どころか瓦斯灯通りも視界になく。それどころか、ほとんど人のいない、薄暗く狭い裏路地に立っていた。民家の板塀《いたべい》に囲まれているが、周りには人っこ一人いない。もうほとんど日は落ちてしまったので、光源は宵《よい》の空に浮かぶ半月のみだ。

（どうしましょう。見失ってしまったわ）

それにしても我ながら、活発には動きづらい振袖《ふりそで》姿で、よくぞここまで走り続けられたものである。体力と息がもう限界だった。膝に手をついて息を整え、櫻子は顔を顰《しか》める。

（お兄さま、もう戻っていらっしゃるかしら。早く喫茶室にいかないと心配させてしまうわ。早くさっきの方を見つけて、大通りに……）

あたりはすっかり濃い闇に包まれている。おまけに、この先は行き止まりだ。広い場所に出てから道を確かめよう。月明かりを頼りに辺りを見回しながら、とにかくすぐ近くに相手がいるならと、いちかばちか「あの、さっき大通りにいらしたかた！」と櫻子が声を張り上げた時だ。

何やら奇妙な気配を覚え、櫻子は開きかけた口を閉じた。

（……？）

誰もいないはずの前方の闇が、――今、うっすら動いたような。

気のせいかもしれない。

そう思おうとしたところで、やや離れたところにある板塀の角から、先ほどの男がおぼつかない足取りでさまよい出てきた。

急なことで一瞬ぎくりとした櫻子だが、相手を認めて息をつく。無事に見つかってよかった、と思ったとたん、彼は前のめりに体を傾《かし》がせると、ドサリと地面に倒れ込んだ。

「！　どうなさいましたの」

とっさにそちらに走り寄りかけた櫻子だが、――ふと嫌な予感がして足を止めた。

うつ伏せになった肩や背中から、何か、真っ黒い陽炎《かげろう》のようなものが立ち上ったのだ。見る間に膨《ふく》れ上がったそれは、書生の体を覆《おお》い尽くしていく。

（まさか――）

目の前で起きていることに混乱し、櫻子は立ち尽くす。

「禍霊《まがつひ》……⁉」

――話には聞くが、目の当《ま》たりにしたのは初めてだった。

膨れ上がったその大きさはもう、櫻子の身の丈どころか、三方を囲む家々の屋根に届くほど。輪郭《りんかく》の定まらない体を絶えずのたうつようにうねらせ、液体とも固体ともつかないドロドロとした赤黒い体表には、丸い眼球があべこべな位置にいくつもくっつき、形ばかりは人間に似た無数の腕が生えている。月明かりに照らされて闇に浮かび上がった〝それ〟は、まさに禍《わざわい》の字を戴《いただ》く名前の通りだ。

倭文《しどり》に出る人喰いの怪物、禍霊。遭遇したもののあまりのおぞましさに、櫻子は呆然《ぼうぜん》と硬直していた。しかし、それがばくりと斜めに赤く口を開いたことで、やっと我に返る。

（に、逃げなくちゃ……！）

自失していた分、恐怖は遅れて追いかけてきた。

思わず後ずさったところで、背中が板塀に当たった。そうだ、ここは行き止まりだった。唯一の突破口は、あの化け物の方にしかない。

こんな時に限って冬夜のくれた守り袋を持っていないことを、櫻子は悔《く》やんだ。あれがあれば、多少は違ったかもしれないのに。

（すり抜けるなんて無理よ。どうすれば。そうだわ、板塀を上って向こうに）

がくがくと足が震える。腰が抜けそうになるのを気力で保たせ、混乱しつつも体勢を立て直そうとした櫻子の足首に、何かべったりと冷たいものが巻き付いた。禍霊の腕だ、とややあって気づく。軟体動物のような感触に悲鳴をあげる暇もなく、強く後ろに引っ張られ、地べたに引きずり倒される。

「いや……！」

地面に爪を立てて止まろうとしたが、無駄な抵抗だった。腹ばいで土を掻《か》きつつ、後ろに向かってなすすべもなく引き摺《ず》られながら、櫻子は叫ぶ。

「やめて‼」

後ろには、あの巨大な口が待ち受けているに違いない。やがて来るべき衝撃に備えて、櫻子はぎゅっと目を閉じた。その時だった。

「――櫻子さん！」

奇妙な浮遊感を覚えた瞬間、鈍い音が響き渡る。次いで、耳を覆いたくなるような、錆《さ》びついた銅鑼《どら》のごとき絶叫が鼓膜《こまく》をつんざいた。己の喉《のど》から出たものではない。覚悟していた衝撃も、痛みもない。何がなんだかわからないまま、櫻子は瞼《まぶた》を開いた。

「……⁉」

最初に視界に入ったのは、冴え冴えと白い横顔だ。整ったそれは見慣れた相手のもの。

「と、……冬夜お兄さま……？」

どうやら自分は、背中を支えるように冬夜に抱えられているらしいと、数拍置いて櫻子は気づく。おまけに片腕だけで軽々と。

「怪我は？」

こちらを見下ろし、冬夜は短く確かめてきた。

何がなんだかわからないまでも、櫻子が「……ございません」と顎《あご》を引くと、「よかった」と彼はほっとしたように両目を和《なご》ませる。

ついでに冬夜は、もう片手に持っていたものを無造作《むぞうさ》に投げ捨てた。赤黒いそれは、何かと思えば、先ほどまで櫻子の足首を捕らえていた禍霊の腕の一本である。サーベルは置いてきたと言っていたから——ひょっとして、引きちぎったのだろうか。素手で。

「少し待っていてください」

ストン、と奥壁にもたれかからせるように櫻子を降ろすと、彼は安心させるように微笑《ほほえ》んだ。改めてその顔を見て、櫻子は息を呑《の》む。虹彩は常通りの赤と金だが、中央の黒い瞳が、細く瘦《や》せている。まるで本物の蛇のように。

こちらを庇《かば》うように禍霊に向き直った黒い背が、不意に冷気を帯びたと感じた瞬間。ぱきぱきとかすかな音を立て、冬夜の首筋や手を青白い鱗《うろこ》が覆った。

（——半顕現《はんけんげん》だわ！）

呆気に取られてその様を見守っていた櫻子だが、ややあって気づく。倭文最強とされる霊獣夜刀神《やとのかみ》が、彼の身を借りてこの世に顕《あらわ》れ出ようとしているのだ。

そこでやっと禍霊は、己の対峙《たいじ》している相手の格に気付いたらしい。怯《おび》えたように巨体を蠕動《ぜんどう》させると、しゅるん、と鋭く空を裂き、四方八方からがむしゃらに腕を伸ばしてくる。冬夜は櫻子から距離を取るように難なく攻撃をかわすと、地面を蹴《け》った。月明かりを背に、見上げる塀より高く、その姿が宙に舞う。

跳んだ先の中空で、袖口《そでぐち》から小さな短剣を取り出すと、冬夜は己の口に刃を差し込み、ガチリと奥歯で咬《か》んだ。瞳の赤が淡く輝きを放つと同時に、禍霊が震えて動きを止める。

——夜刀の瞳には、見つめたものを凍り付かせる石化毒が含まれている。

「……化け物風情《ふぜい》が、汚え手で人の番《つがい》に触ってんじゃねえよ」

吐き捨てると同時に、投擲《とうてき》された短剣が禍霊の中心部に突き立った。焼印でも押されたような音がして、そこから紫色の煙が噴き出す。身も世もない断末魔《だんまつま》と共に、禍霊は激しく伸び上がると、やがてぐったりと全身で地面に沈み込んだ。

（……すごい……）

強いとは、聞かされていたけれど。

禍霊の討伐《とうばつ》は複数名で行うのが常だ。大きさといい、先ほどの個体が凶悪なものであるのは、櫻子にもわかる。それをたった一人で、こんなにあっけなく。

——何よりも。

（来て、下さった）

冬夜が駆けつけてくれた。それだけで、胸にあたたかな安堵《あんど》が広がる。

彼が難なく恐ろしい化け物を倒してしまったのを見届けたのも相俟《あいま》って、張り詰めていた緊張の糸が音を立てて切れた。

地面に降り立った後、禍霊が完全に動かなくなるまで油断なく状況を確かめていた冬夜が、やっとこちらを振り返る。

助かった、という言葉が頭をよぎった瞬間、──櫻子はその場にへたりこみそうになってしまった。

「櫻子さん！」

すばやく抱き留めてくれた冬夜に縋るように、櫻子はどうにか体勢を保つ。気を抜くと、今にも意識を失いそうだ。

「あの……どうしてここが」

「玲が、このあたりに禍霊の反応がありそうだと言ったので、手分けして捜索していたんです」

「朽縄さまが？」

鼻のきく狗神憑きの兵ではなく……？　と首を傾げた後、「ああ」と櫻子は思い出す。そういえば、玲に憑いた侍獣は鎖蛇《くさりへび》だと聞いたことがあった。かなりやと同じく西から来た実在の種で、夜刀神ほどではないが猛毒を持っている。鎖蛇の狩りは待ちの姿勢で行われるらしく、割れた舌先で、獲物の動きを敏感に察知できるのだとか。納得だ。

「まさか君が襲われているとは夢にも思いませんでしたよ。喫茶室《きっさしつ》にと言ったはずが、なんだってこんなところにいるんです」

無事でよかった、と繰り返し、はあっと長く息を吐く冬夜に、「ご、ごめんなさい」と櫻子は思わず恐縮した。まさか、具合の悪そうな人が暗がりに行こうとするのを止めようとして、木乃伊《ミイラ》とりが木乃伊になりかけましたとは言えそうにない。

居心地の悪そうな櫻子に苦笑して、その頭をぽんと撫《な》でると。冬夜は「お説教は後に回すとして、……まずは、他の者を呼びましょうか」と苦笑した。

そこからの展開もめまぐるしいものだった。

呼子《よぶこ》の音でただちに現場まで駆けつけた、玲はじめ鬼門鎮守の兵たちに、冬夜があれこれと指示を出す様子を、櫻子はいまだに現実味を欠いた心地で見守った。

幸い、事後処理は彼らだけで十分らしく、さほどの時間もかからず冬夜は解放されたようだ。

(はあ……本当に助かったのだわ……)

彼に背を支えられつつ、瓦斯灯の並ぶ明るい表通りに出たところで、やっと張り詰めていた気を抜くことができた。そんな櫻子の様子を、冬夜はしきりに心配してくれる。

「櫻子さん、大丈夫ですか」

「は、はい。自分で歩けますったら、嘘じゃなくてよ」

疲労困憊《ひろうこんぱい》の櫻子に比べ、冬夜はあれだけの動きをしたのに息一つ乱してはおらず、改めてさすがだなと思ったものだ。しかし、過保護な彼に「心配だから」と横抱きにされて運ばれかけたのには全力で抵抗してしまった。公衆の面前でそんな目立つことをされたが最後、小心者など恥ずか死ぬ。腰を抜かしていなくて本当によかった。

「目立った傷はなくとも瘴気《しょうき》にあてられていないか、少し休んでから、念のため君も医務班の診察を受けたほうがいい。……のですが、そうだ。その前に」

なおも櫻子の身を案じていた冬夜だが、そこでふと言葉を止める。

「どうかなさいまして?」

「いや。……よく考えなくても我ながら『今ここでやることか?』とは思うのですが……これを」

今日必ず渡そうと決めていたとはいえ、まさかこんなところで出す羽目になるとは、などと。今度は彼の方がきまり悪げに前置く。

なんのことかと訝《いぶか》る櫻子の前で、彼は、肩から下げていた鞄《かばん》を探ると、手のひらにのる程度の、桐の小箱を取り出した。

「……?」

ぱちぱち目を瞬く櫻子の前で、「西の方では天鵞絨《びろうど》張りの箱を使うそうですが、手に入らなくて」と苦笑しつつ、冬夜は蓋《ふた》をぱかりと開いてみせた。途端に視界に飛び込んできたまばゆい煌《きら》めきに、櫻子は息を呑む。

小箱の中には、布の台座に差し込まれた、小さな金色の指輪が収まっていた。

中央の一際《ひときわ》大きな深緑の宝石はおそらく緑柱石《りよくちゆうせき》で、脇石として紅玉《こうぎよく》が二つ並んでいる。四方に輝きを放つように切られた石はもちろん、純金のごく小さな円環にたがね彫りで流水紋を細かく彫り込んだ細工は見事なもので、櫻子は声もなく見惚《みほ》れてしまった。……なんて、美しい。先ほど六花百貨店で見た、どの指輪よりも。

「え、……えっ？　あの、冬夜お兄さま、こちらは？」

指輪を飽《あ》くことなく凝視した後、はっと我に返って彼を見上げる。慌てて尋ねると、彼は微笑んだ。

「婚約指輪です」

「あ、いえそうではなく、どうしてわたくしにと」

「どうしてって。面白いことを訊きますね。君は私の許嫁《いいなずけ》でしょう」

意匠《いしよう》に迷ってずいぶん仕上がりが遅くなってしまいましたが、と前置き、冬夜は箱の台座から小さな金の輪をそっと外した。

「念のため。烏花蛇家に言われたわけではありませんよ。私の意志であつらえたものです。家同士の決めた婚姻ではありますが、残り三年をまんじりと待つのじゃなく、私からきちんと示しておきたかった。……君のかなりやが未来に何を視《み》たとしても、これが今の私からの気持ちです」

「……！」

「左手をお借りしても構いませんか」

大きな掌《てのひら》を差し出され、櫻子は口をぱくぱくさせた。

（だって、そんな）

嬉しい。

心臓がどきどきと早鐘を打ち続けて、今にも爆発しそうだ。嬉しい嬉しい、嬉しい。

思ってもみなかった。そんなふうに、この人が考えてくれていただなんて。

（たとえ妹の延長みたいなものだったとしても。わたくしと一緒にいる時間を、心地よいと感じてくださっていたということだもの）

思わず差し出しかけた左手を、けれど、気づけば引っ込めてしまっていた。

「……櫻子さん？」

訝しむような声に顔を上げていられず、視線を俯《うつむ》けながら。櫻子は唇を噛《か》む。

（でも、勘違いしてはダメ。このかたはいずれ、異母姉が現れたら、必ず恋に落ちてしまうはずだもの……）

たとえば今この時、冬夜の愛情が、多少なりとも櫻子に傾いてくれていたとして。それが妹のような存在に向ける純粋な親愛なのか、ほのかにでも甘やかな恋慕《れんぼ》が交じってくれているのか、それは分からないけれど。

（わたくしが相手なら、それは気の迷い、……ええ。気の迷いに過ぎないのよ。いずれ必ず失われる）

真に受けてしまうと、あとで地獄を見るのは櫻子だけではない。

なぜなら櫻子は、――今、この瞬間にはっきりと自覚してしまった。

（わたくし……この方が好きなのだわ）

それも、もう、どうにも否定しようがないほどに。前世で焦がれていた時以上に、明らかに深く。

物腰柔らかく雅《みやび》やかで、はっとするほど見目が美しいのに、笑うと無邪気な少年のようで。優しく穏やかなようで、なかなか抜け目がなくて。一緒にいると楽しくて、櫻子との時間をとても楽しそうに過ごしてもくれる。知れば知るほど、近づけば近づくほど、想いに歯止めが利《き》かなくなっていく。

兄のような憧れや親しみだと思い込もうとしたけれど、限界だった。恋というものがこんなにも、底なし沼に引き摺《ず》り込まれるように問答無用で暴虐的《ぼうぎゃく》なものだなんて知らなかった。少女向けの小説雑誌や詩集で読むような、濃《こま》やかで甘やかで、そっと蓋《ふた》をして忘れられるほどひそやかなものだとばかり信じてきたのに。

「わたくし、は……」

唇がわななく。瓦斯灯《がすとう》の優しい光と、暮れなずむ空の淡い残照が、石畳《いしだたみ》の道に二人分の影を落としていた。

（冬夜お兄さまは、今はわたくし〝でも〟いいのかもしれない。けれど、わたくしは未来を知っているから……。今その気持ちを受け取ってしまったら、いつか必ず来る心変わりの瞬間に、わたくしは絶対、道を踏み誤る）

そうなれば、嫉妬《しっと》から罪もない伊織に酷《ひど》い態度を取り、母の加虐を止めもしなかった、破滅の未来にまっしぐらだ。

――今までは。

己の命が惜しいから、助かりたいから、彼から離れたいのだと思ってきた。けれど想いを悟った後は、そうではないのだとわかってしまう。

（冬夜お兄さまはお優しい。ここまで親しくなったからには、気持ちを異母姉に移した後は、きっと、わたくしへの罪悪感で苦しませてしまうわ。……好きが報われないことより、このかたの重荷になることの方が、つらい）

ゆっくりと五年間かけて知っていった冬夜は、誠実な人だった。

いずれ、櫻子に半端な想いを捧げてしまったことを悔《く》いる日がくるだろう。指輪の輝きが美しいのは、今このひとときだけ。生涯を共にしようと誓ったその事実が、冬夜を苦しめる枷《かせ》になる。

今ならまだ、気づいたばかりの恋を忘れられる。引き返せる。

櫻子は俯いたまま、向き合って立つ冬夜の手を取り、己の両手で包み込むようにして、指先につままれた婚約指輪をそっと握り直させた。——拒絶の意思を、はっきりと示すために。

「ごめんなさい。お気持ちはとても嬉しいのです。でも、……この指輪を受け取るべきは、わたくしではございませんのよ」

ゆるりと櫻子は首を振る。

せっかく準備してくれたのに。内心では、天にも舞い上がるほど喜ばしいのに。何一つ伝えられない。

「もちろん、婚約は家同士が定めたことですもの。このままいれば三年後には、わたくしはあなたのための花嫁御寮になることでしょう。でも、――」

おそらく、そうはならない。

(しかるべき時がきたら、わたくしは、あなたの手を離さなくてはいけないのだもの)

かなりやの予知のことを、今一度考える。櫻子の生は十八年で閉じてしまったけれど、〝そうなるべきだった〟二十三の冬夜は、あの後どうなったのだろう。許嫁、それも今は没落したとはいえ曲がりなりにも五綾家の娘を私情で惨殺《ざんさつ》して、無事で済んだとは思えない。ひとたび彼を愛すれば、待っているのは双方の破滅だ。

(だからこそ)

選ぶべき道を、誤ってはならない。一言一言を噛み含めるように、櫻子はきっぱりと宣言した。

「残念ながら、わたくしがあなたを愛することはございません。一生、……決して」

「……」

「あなたの真心に、偽りの態度で応じるのは本意ではありませんの。だからこれはお返しします。いずれ相応《ふさわ》しい方を見つけたときまで、お持ちになってらして」

全部、真っ赤な嘘だ。

それでも、これから真実にしていかなければならない嘘でもある。そして、己自身に向けた、甘ったれた恋心への永訣《えいけつ》の辞でもあった。

申し訳なくて、唇を噛んだまま顔が上げられずにいる櫻子の前で、冬夜はしばらく黙ったままでいた。

「――そう」

やがて打たれた相槌《あいづち》が、予想外に低く押し殺したような声音《こわね》で。何より、彼は目の前にいるはずなのに、全く別の方向から聞こえた気がして。櫻子ははっと瞠目《どうもく》した。

（え……？）

何かが、おかしい。変わっている。先ほどまでと、明らかに。

強烈な違和感に苛《さいな》まれて目を見開いた櫻子は、手元に落としたままだった視線の先が――己の身を包む着物が、いつの間にか、真っ白に染まっていることに気がついた。先ほどまでは確かに、今朝着てきたままの鴇色《ときいろ》の薔薇《ば ら》薬玉《くすだま》の銘仙《めいせん》だったはず。それが今は、袖《そで》口《ぐち》から赤ふきの緋が覗《のぞ》く、新雪色の打ち掛け姿だ。

（松食い鶴と蛇籠《じゃかご》の……白無垢《しろむく》……！）

おまけに時刻は宵《よい》の口《くち》ではない。天の色は、春霞《はるがすみ》のかかった淡い蒼。季節すら変わり、目の前には桜吹雪《さくらふぶき》の散る、烏花蛇本邸の庭が広がっている。これは――

いやな予感に、どくどくと心臓が暴れる。脂汗《あぶらあせ》の滲《にじ》む手を握り込み、櫻子はあたりを見回した。冬夜は、どこだ？　先ほどの返事は、どこから聞こえた……？

「櫻子さん」

——ふ、と。

声が己を呼んだかと思えば、強い力で後ろ側から抱きすくめられ、櫻子はひっと息を詰まらせた。

「と、冬夜、お兄さ……」

「どうして？　櫻子さん」

対象を定めない疑問を投げかけられ、櫻子は呼びかけようとしていた声を引っ込めた。すっぽりと腕に閉じ込められてしまっているから、みじろぎすらできず。彼の表情は窺《うかが》えない。ひやりと冷たい体温を、背中全体で感じる。その気配は沈鬱《ちんうつ》で、ひどく静かだった。まるで、何かを諦めたように。

「ねえ、櫻子さん。どうして、私を見ないんですか？　何度も何度も何度も、私は君がいいと。望んでいるのは君だけだと告げたのに。どうしても君は、私を信じてはくれないね。——櫻子さん」

切々とした言葉を、彼はひどく平淡な調子で語る。息もできずに震える櫻子の耳朶《じだ》に吹き込むように、彼は吐息混じりに囁《ささや》いた。

「君が欲しくて、……心まで手に入れたくて。私は、……俺は、気がどうにかなりそうだった」

でも、それももう、おしまいにしようかな。そう締めくくると、冬夜は拘束《こうそく》したままの櫻子の肩から喉《のど》へと手を滑らせる。そのまま襟元《えりもと》を摑《つか》んでぐいっと鎖骨《さこつ》まで開《はだ》けられ、櫻子は悲鳴を上げた。

「何をなさるの⁉　冬夜お兄さま、やめて……！」

「やめない。――これで君は、俺のものだ」

ぬる、と首筋を這《は》う冷たいものが、舌と唇だと認識した瞬間。同じ箇所《かしょ》を、凄《すさ》まじい灼熱《しゃくねつ》の衝撃が襲ってきた。

（……⁉）

――ぶつん。何か鋭いものが皮膚《ひふ》を突き破って、肉に至るまで潜《もぐ》る感触。すぐさま、そこから何かが流れ込んでくる。熱なのか痛みなのかわからないそれに、櫻子は恐怖と苦痛から金切り声《かなきりごえ》を上げようとした。

「か、ふっ……」

しかし、唇から吐き出されたのは、濁《にご》った咳《せき》と、血の塊《かたまり》だ。

鋭利なものの正体が牙で、――咬《か》まれたのだということは、そこでやっと認識できた。

（う、あっ……夜刀神《やとのかみ》の、毒……？）

とめどなく溢《あふ》れる鮮血が、しみひとつなかった練《ね》り絹《ぎぬ》に滴《したた》り落ちる。

もはや声を上げるどころか指一本動かせず、びくびくと全身を痙攣《けいれん》させたまま白無垢の懐《ふところ》を真っ赤に染め上げた櫻子を、冬夜はそっとかき抱いた。まるで何か大切な宝物を扱うように腕の中に仕舞い込まれ、額にそっと口付けられる。

意識が遠のき、視覚や聴覚が徐々に閉ざされていく中。櫻子は、嬉しげに弾んだ冬夜の声を聞いていた。

「……心配しないで。独りで逝《い》かせやしません。すぐに俺も追いかけますから」

――心なんて手に入らなくても、これなら結果は同じでしょう。

視界すべてが暗く鎖《とざ》される、刹那《せつな》。口元に鮮やかな血をべっとりと付け、己を眺め下ろして笑う花婿の顔は、今までに見たどの瞬間よりも、凄絶《せいぜつ》に美しく――

櫻子の意識は、それきり闇に沈んだ。

＊

そうして――目が覚めたら、見慣れた緋鳳院邸の自室だった。

「っ……⁉」

頭がガンガンと破裂しそうに痛いのはわかるのだが、それにしたって状況がわからない。敷き布団の上にノロノロと身を起こすと、櫻子は目を瞬いた。

（？　さっきまで白金座で……お兄さまと一緒で……ええと、禍霊が……？）

そこまで思い出した瞬間。

「――あ」

青空を背景に舞い散る桜吹雪《さくらふぶき》と、己を抱きしめる腕の強さ。血染めの白無垢、そして首筋に受けた灼熱の痛みまで、まざまざと脳裏《のうり》に蘇《よみがえ》ってきた。思わず、手の平で咬まれた鎖骨のあたりを押さえる。

（ただの夢じゃない。……さっきの、あれは。確実にかなりやの未来予知、よね……？）

己はまた花嫁姿で、死ぬ瞬間と命を奪った相手は、十歳の時に見たものと同じ。婚家に入った途端に、冬夜に殺されるというもの。

しかし、その状況と理由とに、明らかな違いがあった。命が潰《つい》える瞬間、ほんの少しだけ垣間見《かいまみ》えた。あの冬夜の目に揺らいでいた色は。櫻子にも覚えがあるもの。

一度めの予知夢《よちむ》では、夜叉《やしゃ》と化した己の瞳の中に。現実でも、日に日に否定できないほど募《つの》っていく胸の熱を抑えながら見た鏡の中に。それは確かに――報われない慕情《ぼじょう》への不安と哀しみだった。

（嘘……）

——かなりやの予知は、下手《へた》に回避すると、別の危険に変化することもありうる。

あの日、鬼門鎮守府《きもんちんじゅふ》の冬夜の執務室で、常盤から聞かされた言葉だ。

（未来が変わった、……の？）

櫻子からの恋の一方通行から、それが全く逆の方向に。でも、おかしい。冬夜は、不可避的に異母姉に惹《ひ》かれるはずではないのか？　彼と過ごしてきた五年が、いつの間にか関係性を変えていたということ？

このまま冬夜への想いを無理やり押し殺し続ければ、訪れる未来が、……先ほどの、あれだと？　ではつまり、今の、これからの、冬夜は。それでは、——？

（わたくし……）

きっとまた、選択を誤ったのだ。

（わたくしが冬夜お兄さまを愛したせいで身を滅ぼしたのだから、愛さなければうまくいくと思っていた、けれど）

己の浅慮《せんりよ》に、櫻子は唇を噛《か》んだ。

冬夜は今どこにいるのだろう、すぐにでも彼に会いたい。心配をかけていることや、失礼を働いたことを謝らなければ、というのはもちろんのこと、何よりも心臓を焼き焦がすほどのもどかしさがある。一秒でも早く彼に伝えなくてはいけない言葉がある、という不可思議な程の焦燥感《しょうそう》が。

だいたいにして——今は、いつだ。

朝か昼間か、少なくとも明るい時間帯ではあるらしい。禍霊《まがつひ》に襲われた時は薄暗い宵の口だったが、部屋に差し込んでくる光はすっかりと強く明るい。窓の歪み硝子《ガラス》に目を向けると、晴れ渡った空の青が寝起きの目に染みた。

いや、さはさりとて。頭、いくらなんでも痛すぎだろう。兎《と》にも角《かく》にもこめかみが割れて脳みそが飛び出そうだ。あと、頭痛と連動して吐きそうなくらい胸が気持ち悪くなる現象は、一体何なのだろうか。思わず櫻子が額と口元とをそれぞれ押さえた瞬間、ドタドタとまた聞き覚えのある慌ただしい足音が廊下《ろうか》から迫り、勢いよく障子《しょうじ》が開かれた。

「櫻子お嬢さまぁ！　気がつきましたかっ⁉」

「ね、……ねえや」

血相を変えて顔を出したのは、前に倒れた時にも世話をしてくれた仲の良い女中だ。彼女は泣きそうな顔で駆け込んでくるなり、「よかったぁあ！　お嬢さまぁ！」と、くしゃくしゃと顔を歪めた。

「お嬢さま、街中で禍霊に襲われたって！　烏花蛇の許嫁《いいなずけ》さまが助けて下さってなかったら、今頃どうなってたかぁ！　しかもまるっと一晩高熱に浮かされながら寝込んでいて、まったく目を醒《さ》まさなかったし！　もう昼近くですよう」

「あり、がと……心配かけてごめんなさい。それと話を遮《さえぎ》って悪いけれど、……うぷ」

「吐きますか？　こんなこともあろうかと。はい、どうぞ。たらい」

櫻子が青白い顔でサッと挙手すると、女中は得たりと大きなたらいを差し出した。なんて気の回る。

——乙女《おとめ》の名誉のため、閑話休題《かんわきゆうだい》。

「あの、冬夜お兄さまは……？」

何はともあれ一息ついて、櫻子が恐る恐る尋ねると、「いきなりお嬢さまが倒れて、そのまま高熱を出したってんで、血相を変えて運び込んでくれたんですよ。ついでにお医者の手配から何まで世話になったんです」と女中は身振りを交えて捲《まく》し立てた。「運び込んでくれた」のところの手つきが、横ざまに何か抱き抱える感じだったのは、この際あまり考えないようにしたい。

「それで、お嬢様が気が付かれるのを見届けてから戻るとおっしゃって、今は下の応接室においでですよ」

「え？　お、お仕事は大丈夫だったのかしら」

「しばらくはうちに軍のかたがたが忙《せわ》しなく出入りされてましたけど、問題ないって話ですよう。そうそう、お呼びになります？」

「いえ、……わたくしが参りますわ」

寝巻きにしている浴衣《ゆかた》の上から厚手の羊毛ショールをひっかけると、櫻子は緩慢《かんまん》な仕草で立ち上がった。こんな格好で申し訳ないけれど、着替える気力はなさそうだ。「ええ？　無理はしないでくださいよ？」と女中は心配してくれたが、大丈夫だと首を振る。盛大に吐いたのと熱が下がりかけなのとで、不思議と頭はすっきりしているのだった。

足を滑らせないよう階段を降り、櫻子は廊下を歩いた。気分はそう悪くないが、頭も体も重くて仕方ない。普段の倍以上の時間をかけてたどり着いた応接室は、基本的に倭風《わふう》建築尽くしの緋鳳院邸内では珍しく、洋間になっている。軽くノックしてから、恐る恐る樫《かし》の扉を開くと、奥で革張りの長椅子《ながいす》に腰掛けていた冬夜が、弾かれたように顔を上げた。

「櫻子さん！　もう動いても大丈夫なんですか」

すぐに席を立ってこちらにやってくる彼の表情は、いつになく翳《かげ》っている。普段なら穏やかに開いている眉根《まゆね》が険しく寄せられていて、珍しいな、と思いつつ、櫻子はぼうっとその両目に見とれた。

「無理はしないで。……ひどい顔色です。ちょっと失礼、歩けますか。こちらに」

声をかけてくれたら私の方から行きましたのに、と首を振りつつ、冬夜は櫻子を支え、先ほどまで自分が掛けていた長椅子に導いてくれる。こっくり頷《うなず》いて、櫻子は素直に体重を預けた。

艶々《つやつや》した飴色《あめいろ》の椅子に櫻子が沈み込むように座るのを見届けてから、冬夜も隣に腰を下ろす。お礼を言い損《そこ》ねていたことに気づいた櫻子は、そこで慌てて唇を開いた。

「あの、ありがとうございます、冬夜お兄さま。今支えて下さったのもそうだけれど、——恐ろしい禍霊から、助けて下さったのも。急に倒れたわたくしを案じて、昨晩うちに泊まって下さったとも聞きました」

赤黒い巨体に無数の腕を生やした不気味な異形《いぎよう》を思い出すだけで、思わず身震いしてしまう。足元からひやりと這《は》い上ってきた悪寒《おかん》を誤魔化《ごまか》すように、櫻子は視線を膝に落とした。昔使っていた朝顔柄はさすがに丈が足りなくなってしまい、今は濃紫《こむらさき》の四君子紋《しくんしもん》だ。東大陸で徳の高い草木とされる梅、菊、蘭、竹の四種が色糸で織り込まれた古風な柄ゆきを、所在なく目で追っていると、隣でかすかに冬夜が苦笑する気配がした。

「いえ……むしろ、櫻子さんには申し訳なく思っています。熱を出したのも、やはり禍霊の瘴気《しようき》に中《あ》てられたせいかもしれません。だとすれば、私の油断が招いたことです」

その言葉に、櫻子は驚いて彼を見た。

「そ、それは違います！　わたくしはどこも怪我《けが》をしておりませんし、具合を崩したのも別な原因ですもの。そもそも、勝手に裏通りに入ってご迷惑をおかけしてしまったのはわたくしの方ですのに！　それにあの時は、お兄さまがとてもお強くて驚きましたの。切られた啖呵《たんか》も、いつもと口調が違って……」

――化け物風情《ふぜい》が、汚ぇ手で人の番《つがい》に触ってんじゃねぇよ。

「！」

何気なく続けたところで、不意に、あの時の台詞《せりふ》が急に脳裏《のうり》に蘇り。櫻子の頬《ほお》はぼっと火がついたように熱くなった。その反応に首を傾《かし》げた冬夜も、一緒に何か思い出したらしく額を覆《おお》う。

「……忘れてください……」

やがて冬夜は短くうめいた。整った顔は指の長い手で隠れているが、わずかに耳が染まっている。その様子を見て、櫻子までますます赤くなった。そういえば彼は、かつて粗暴だった時期があったのを黒歴史扱いしていたのだったか。

「ご、誤解なさらないでいただきたいのだけど！　むしろ冬夜お兄さまの新しい一面が見られて嬉しかったと言いますか、その、か、かっこよかった……という意味ですのよ⁉

そ、そうですわ！　あと、短剣を一度奥歯で咬《か》んでらしたのは？」

「え？　あ、ああ、……夜刀神《やとのかみ》の毒を塗っただけです。あらかじめ仕込んだ刃物を携行できれば楽なのですが、あれくらいの大きさの禍霊を一撃で倒せる強さの毒だと、鋼《はがね》の方が堪えられずに溶けちゃうんですよね」

「はい？　……鋼の、刃が？　と、溶け？」

「ええ。こう、ジュッと。そこから被服も巻き込んでちょっとした惨事《さんじ》になりますし。普通なら咬んだ瞬間から溶け始めるんですが、あれは造兵廠《ぞうへいしょう》に頼んで特殊な呪《しゅ》を刻んでもらった支給品なので、投擲《とうてき》の時間くらいは稼《かせ》げるんです」

「ジュッと……」

　話題を無理やり転換させるために関係のないことを尋ねてみたら、予想外に物騒な返答を受け、櫻子は固まった。ちょっと可愛《かわい》く「溶けちゃうんですよね」という言い方をされても、ついでに片手で蛇がパクッと口を開け閉めするような仕草を付けられても、結論は同じである。さっきどさくさに紛《まぎ》れて余計なことを言った気がしていた後悔《こうかい》も、合わせて一気に吹き飛んだ。

（……では、先ほどかなりやの予知夢《よちむ》で見た未来のわたくしは、その『ジュッ』を首で思いっきり直受けしたということに……）

深掘りするといたく心臓に悪そうだったので、やや青ざめつつ、櫻子はそれ以上考えるのをやめた。

代わりに、さらに重ねて話をはぐらかす手に出る。これはこれで気になっていたことだった。

「あの……わたくしあの時、どの瞬間で気を失いましたか？」

「私が指輪を出して見せた直後に。急に彫像のように固まったかと思えば悲鳴を上げて倒れて、運んでいるうちに高熱まで出てきて。肝《きも》が冷えましたよ。どんな強大な禍霊と対峙《たいじ》した時でも、あんなに焦ったことはありませんね」

つまり、櫻子が彼に指輪を返し、「あなたを愛することはない」と宣言してしまってからが、かなりやの見せた夢の範囲内だったということだ。

（かなりやの予知、不思議だわ。こういう時間の飛び方もするのね……）

では、運命の分水嶺《ぶんすいれい》は、まさにあの宣告だったのだろう。

指輪を受け取っても受け取らなくても、彼と結婚する未来は変わらない。けれど、櫻子の浅慮《せんりょ》ゆえに、そこからずっと冬夜は苦しみ続ける羽目になったということだ。思い詰めて、当初と動機は違えども、花嫁の命を奪うという凶行に及ぶほどに。

——かなりやの予知は、下手《へた》に回避すれば別の危険に変わることもある。常盤に言われたことの意味に、やっと心の底から得心がいく。

そのまま、しばし沈黙が応接室に落ちる。

「……よかった。君が無事でいてくれて」

やがて冬夜は表情を緩《ゆる》め、噛《か》み締めるように呟《つぶや》いた。「ご心配をおかけしました」と項《うな》垂《だ》れる櫻子の頭頂を、大きな手がぽんぽんと撫《な》でる。

それから彼は一度視線を巡らせると、改めてその顔を覗き込むように櫻子を見た。

「櫻子さん、いいですか。この際きちんと言っておきたいのですが。私は、君が可愛い」

「……えっ？」

「君はかなりや憑《つ》きだからか、なんでも一人で抱え込んでしまう。でも、君が言葉では何も話せなくても、こちらまでも何もできないわけじゃありません」

「冬夜お兄さま……？」

「これは単なる勘ですが。櫻子さんは、ひょっとしなくても、指輪を受け取るのを断るつもりじゃありませんでしたか？」

「！」

翡翠色《ひすいいろ》の両目をまんまるにする櫻子に少しだけ苦みを混ぜた顔で微笑《ほほえ》み、冬夜は話を続ける。

「ところで櫻子さんは、五年前の初顔合わせの時にした話を覚えていますか」

「あ、……はい」

当時の彼は血を繋《つな》ぐための良家同士の婚姻は糞食《くそく》らえだと思って生きてきて、正直緋鳳院の令嬢との縁も望んでいなかったから、櫻子から破談を持ちかけられたときは渡りに船だと考えた、と。改めて聞く内容に、櫻子は頷く。

(だからこそ、すぐにでも婚約を破棄してほしいという話だったのだけれど……)

首を傾げる櫻子の心中を読んだように、冬夜は肩を竦《すく》めた。

「でも、気が変わってこうも提案したでしょう。——私が君を愛するようになれば、何も問題はないのでは、と」

「……それは」

「まあ、……烏花蛇の家は、正直言って今も好きではありませんよ。でも、血だのなんだの関係なく、私は……俺は君がいいんだ。君が手に入るなら烏花蛇の血に感謝してもいいくらい、今の俺は、君が欲しいんです」

櫻子は、隣に座る冬夜の顔を真っ直ぐに見た。

紅玉の右と、黄金の左。予知夢の中で、初めて見た時から美しいと思っていたその一対《つい》が、櫻子を貫くように見つめている。ふるりと背筋が震えたのは、恐怖からではない。

「君が思っているより俺は君が好きだし、俺のことをもっと頼ってほしい。かなりやの見せる未来ではなく、今の俺を見ていただけませんか」

不意にそっと手を取られ、何か小さなものを手のひらに落とし込まれる。

陽光を照り返して金色の輝きを放つそれは、あの時に見た婚約指輪だった。

（ああ）

そうだ。――未来は変わったのだ。そして、変えられるのだ、と。

櫻子は唐突《とうとつ》に理解した。

（わたくしは、結局この方を見ていなかった。ずっと、かなりやの予知夢にばかり目を向けていたのだわ。冬夜お兄さまは、……わたくしがかなりや憑きだと知っていても、わたくし自身にきちんと向き合って下さっていたのに）

だとすれば、なんて、――なんて長い間、ひどい不義理を働いてきたのだろうか。

――私は貴女《あなた》のことを知りたいですし、私のことも知ってほしいと思っています。……あんまり先のことを決めるのは、それからにしてほしいかな。

思い出すのは五年前、顔合わせの翌日のこと。縁側で並んでカステイラを食べた後、冬夜は確かにそう言ってくれていた。彼の誠意を認めた櫻子は、真心を返さねばと誓ったはずだった。以降も彼は誠実であり続けてくれていた、それなのに。

最初の、異母姉に惚《ほ》れて己を憎むようになる冬夜の危険など、もうとうの昔に去っていたのだ。

そうして、彼の気持ちを蔑《ないがし》ろにし続けて、愚かしくも別の悲劇までも招きつつあった。それを心の底から実感したのだった。

(かなりやの予知だけに縛《しば》られるのは終わりにしよう。心のままに生きよう)

瞼《まぶた》を閉じた櫻子は、両手で包み込んだ指輪をぎゅっと胸に抱きしめた。ため息と同時に、まなじりからぽろりと涙が溢《あふ》れる。ため息は、自分の馬鹿さ加減に。涙は、彼の心を正面から受け取れることが、ただ嬉しくて。

「もう一度訊かせてください。……櫻子さん。俺の妻になってくれませんか」

問われた言葉に、櫻子はこくこくと幾度も頷《うなず》いた。

「はい。……喜んで」

彼の手で、心臓に一番近い、左手の薬指にそっとくぐらされる、ひんやりとした金属の感触が。どこか熱を帯びている気がして。いつの間にか櫻子は、涙に濡れた頰《ほお》で微笑んでいた。

(わたくしもこの方の妻になる覚悟を決めよう。命だけでなく、心も守ってみせる)

未来よ、幾度なりとも生まれ変わるがいい。呪わしい運命になど囚われてなるものか。

自分だけで戦うのはやめよう。これからは隣に彼がいてくれる。それがこんなにも、幸せだ。

――こうして櫻子は、名実ともにこの美しい蛇神憑きの花嫁になることを、いよいよ心に決めたのだった。

3

冬夜《とうや》から指輪を受け取った日から、ひと月ほどが経過した頃。

——初めての予知夢《よちむ》で見たその時が具体的にいつなのか、櫻子《さくらこ》は覚えていない。けれど、青から茜《あかね》に暮れなずむ、秋晴れの美しい夕刻だったのは記憶にあった。

果たして本日は、蒼穹《そうきゅう》にふわふわと鱗雲《うろこぐも》を敷き詰めた、絵に描いたような好天で。だからこそ、櫻子はなんとなく予感がしていた。

かなりやの見せた仮初《かりそめ》の未来と違い、さほど使用人の減っていない緋鳳院《ひほういん》邸の玄関先で水打ちをしていた櫻子は、いつか見たような淡茶色の羽織《はおり》に紺《こん》の着物を身につけた父が歩いてくるのを認め、「いよいよか」と固唾《かたず》を呑《の》んだ。

やがて、定められた手順の如く、父の後ろから小柄な影が一つ滑り出る。

艶《つや》やかで真っ直ぐな、青みがかった射干玉《ぬばたま》の長い髪。悲しげに伏せられた、どこまでも澄んだ紫陽花色《あじさいいろ》の虹彩。髪を飾る白の寒椿《かんつばき》。透明な清楚《せいそ》さに一点の色香を添える、口元の美人黒子《びじんぼくろ》。着ているものは、天女の美しさにそぐわぬ、ボロボロに擦り切れた木綿《もめん》の格子《こうし》縞《じま》の長着。

まさに記憶のままの姿で、その人はそこに立っていた。

「姉の伊織《いおり》だ。歳《とし》は、お前の一つ上の十六になる。仲良くなさい」

予想の台詞《せりふ》と一言一句違わずに、父が重々しく口を開く。

（来た）

櫻子は胸元で拳を握りしめた。この言葉が出たら、後の展開も決まっているのだ。

「私は聞いておりませんよ！　どこの阿婆擦《あばず》れ女に生ませたのです」

「翠子《みどりこ》……緋鳳院の女あるじともあろうものが、この程度のことで声を荒らげて情けない」

やはり、まるで脚本通りの劇でも演じるように知った言葉を交わす母と父の隣で、異母姉は——伊織は、小さく縮こまっている。

予知夢の中で見た一度目には気づかなかったし、考える余裕もなかった、その表情の翳《かげ》り。繊細《せんさい》な蛾眉《がび》がきつく顰《ひそ》められるさまに、櫻子は心がしくりと痛む。

（……居づらくないはずがないわ。何がなんだかも知らずに連れてこられて、それなのに、今目の前で自分のために諍《いさか》いが起きていることだけはわかるだなんて）

伊織の穏やかならぬ心中を思うと、勝手にそわそわと落ち着かない心地になる。そうこうするうちに、父母の言い争いは白熱ぶりに拍車がかかっていた。

「……穢《けが》らわしい泥棒猫の子になど、緋鳳院の名はやりませんよ。うちの敷居も跨《また》がせやしません！」

激昂《げっこう》が頂点に達した母が、伊織の正面から勢いよく手を振り上げる。

平手打ちをする――それを知っていた櫻子は、慌てて伊織を横に押しやるように、素早くその間に割り込んだ。背中に、彼女を庇《かば》って。

ぱん、と乾いた音と共に、頬の上で衝撃が弾ける。じわじわとひりつく痛みに変わっていくそこを押さえながら、櫻子は、我が子を打った手を押さえ、信じられないといった顔で呆然《ぼうぜん》とこちらを見つめる母を見返した。

「さ、櫻子さん……？　あなた何をしているの⁉」

「お母さまから平手を受けたところです」

「そういう意味じゃありません！　お答えなさい櫻子。私はね、その娘を庇う理由を訊いたのよ！」

顔を熟れた唐辛子《とうがらし》のように染め上げ、母は金切《かなき》り声《ごえ》をあげた。

「……っ」

いつもは厳しいながら控えめで物静かなはずの母の、人が変わったような荒れ狂いように、つい櫻子は身がすくみそうになる。一度見たはずの光景ではあるが、己で受け止めるとなると恐ろしさが違う。

——しかし、ここが正念場なのだ。

櫻子はグッと唇を噛《か》み締めると、その場に両膝をつく。

何をするつもりだ、という周囲の困惑をひしひしと感じながら、——両手を揃えて前方につき、背を丸め、迷わず額を濡れた石畳《いしだたみ》に擦り付ける。

うなじに突き刺さる視線で、いわゆる土下座《どげざ》の姿勢となった櫻子に、母や伊織はもちろん父までもが絶句しているのが分かった。

ひとまずは、動揺《どうよう》によって場を落ち着かせることには成功したらしい。ややあって「おやめなさい、あなたは緋鳳院の長女なのよ……⁉」と叫ぶ母の声には、先ほどまでの勢いはなく。そのことにほっと息をつきつつ、櫻子は地に顔を伏せたまま唇を開く。

「もちろん、お母様の胸中は察して余りありますわ。けれど、お父さまが先ほどおっしゃったではございませんの。半分しか血が繋《つな》がらずとも、この方はわたくしにとっては姉なのです、と。ですから、どうかわたくしのためと思い、お気持ちを鎮めてくださいませ」

予定していた通りの台詞を紡《つむ》ぎつつ、櫻子はそっと内心でのみ呟《つぶや》く。

（そうよ。今日この時が来ることは、——必ずこのかたが緋鳳院家に引き取られてくるこ

とは、あらかじめわかっていたもの）

伊織が現れるにあたって、櫻子は心に決めていたことがある。

それは、――かなりやの予知云々《うんぬん》に関係なく、伊織を守ること。

もちろん、婉曲《えんきょく》的に己の安全にとって利になるからだし、冷静になれば伊織が純粋に辛《つら》い立場であると気付かされた由《よし》もある。けれど一つには、母のためでもあった。

（予知の中でお母さまは、この人をいじめることを止められず、最後はわたくしとともに冬夜お兄さまに成敗《せいばい》されていたわ。この人を守ることは、お母さまの身命を守ることにもつながるはずなのよ）

唇を嚙み、櫻子はますます地に額を沈ませた。

「お母さま。どうかお願いでございます。どうぞわたくしのためと思って、矛《ほこ》をおさめてくださいませんか……？」

声がくぐもって聞こえづらくならないよう、櫻子は、はっきりと一音一音に力を込めて懇願《こんがん》した。

目の前にあるのは至近距離に迫る灰色の石畳ばかり。――母は、黙っている。

しかし。

「……勝手におし」

吐き捨てるように声が降ってきたかと思えば、草履《ぞうり》が急ぎ足に地を擦る音が遠ざかっていく。母がこの場を去ったのだとわかり、櫻子はやっと、顔を上げた。

「櫻子、……お前」

「お父さま。少しお姉さまとお話しさせていただきたいのです。よろしくて？」

立ち上がって着物の裾《すそ》を払う。どんな心情を抱いているものか、戸惑いつつも何ごとか言おうとした父の声を、櫻子はそちらも見ずにぴしゃりと遮《さえぎ》った。覚悟は決めていたとはいえ、彼の顔を今、直視したくもなかった。

代わりに見たのは、〝現実では〟出会ったばかりの伊織の顔だ。

完璧《かんぺき》に美しく整った面差《おもざ》しにも、見事な紫陽花色の瞳にも、紛《まぎ》れもなく困惑が浮かんでいる。それはそうか、と得心しつつ、櫻子はぎこちなくも微笑《ほほえ》みを浮かべた。

「ええと……伊織お姉さまと、お呼びしてもよろしいかしら」

「……？　は、はい。あの、あ……あなたは？」

おずおずと問い返される。鈴を振るような可憐《かれん》なその響きに、ああそういえばこの人はこんな声をしていたのだったわ、と櫻子は顎《あご》を引いた。これが正真正銘《しょうしんしょうめい》、彼女と自分が現実で交わした会話の第一になる、と。そんなことを思いながら。

「申し遅れました。わたくし緋鳳院櫻子と申します。……あなたの異母妹でしてよ。これから、どうぞよろしくお願いいたしますわね」

差し出した手を、――ゆっくりと時間をかけて、姉が躊躇《ためら》いがちに握り返す。その繊細な白い指の温かさに、櫻子は少しだけ、絶えず張っていた気が緩《ゆる》む心地がした。

＊

さすがに烏花蛇《からすかだ》には及ばないとはいえ、五綾《ごりよう》家の一である緋鳳院の本邸は、それなりの広さを誇る屋敷だ。

「こちらが台所。こちらがお風呂場で、隣がお手洗いで……離れは基本的に、使用人の寝泊まりに使ってもらっていますの」

先に立って、設備や使い方を一つ一つ教えながら、櫻子は伊織に邸内の案内をしていた。小さな風呂敷包み一つだけを手荷物に携《たずさ》えてやってきた伊織は、それを守るように胸に抱きしめたまま、初めて訪れる広い家に目を白黒させている。その様子を時折ちらちらと気にしながら、強《し》いて櫻子は明るく振る舞った。

「あとは、そうだわ。お姉さまのお部屋が必要ですわね。わたくしの隣の一室がちょうどお掃除《そうじ》が済んでいるし、そちらでよろしいかしら」

「あっ、……はい。わ、わたしは、どこでも……」

ぽそぽそと蚊の鳴くような声で返事がある。櫻子は頷《うなず》くと、「足元にお気をつけて」と階段に案内した。

秋になってから、伊織がいつ来てもいいように、予告した一室はあらかじめ清掃を済ませてある。古びたいぐさの匂《にお》いがする六畳間《じょうま》に彼女を待たせると、手早く座布団を一枚敷いて「少しここでお待ちになって」と言いおき、櫻子はいったん自室に引っ込んだ。

（ええと、確かこのへんに）

桐簞笥《きりだんす》を開けて、いくつか目当てのものを引っ張り出すと、たとう紙ごと腕に抱えてそそくさと隣に戻る。

部屋の中央では、「身の置き所に困っています」と顔に書いてある伊織が、座りもせずに待ってくれていた。

「お待たせしてごめんなさい。あの、ご迷惑でなければなのだけど。これ……」

櫻子が改めて座布団を勧めてやっと、伊織は恐る恐る膝を折る。きちんと背筋を伸ばして正座する姉に向き合うように畳に座ると、櫻子は櫻子でやや緊張しつつも、手に持っていたたとう紙を彼女の前で次々に広げてみせた。

「あなたとわたくし、背格好も同じくらいだし、きっと身幅もそう変わらないと思って」

包みの中にあったのは、霞取《かすみと》りに菊を散らした藤色の紬《つむぎ》だ。帯には小豆色《あずきいろ》の紗綾形紋《さやがたもん》を選んだ。卍繋《まんじつな》ぎを斜めに連ねた紋様は、不断長久《ふだんちょうきゅう》を願う縁起物《えんぎもの》である。下ろしたての肌着と薄青の長襦袢《ながじゅばん》、後は梔子色《くちなしいろ》の三分紐と、飴玉《あめだま》みたいなとんぼ玉の帯留。

「えっ？」

「下着の他はわたくしのお古で申し訳ないのだけれど、みんな一度きりしか袖《そで》を通しておりませんのよ。誓って本当よ。道中で汗もかいているでしょうし、よかったら使ってくださいな。他のお着物も、おいおい見立てて参りましょう」

着替える時まで部屋に居座ると申し訳ない。そういえば案内を優先させて何も出していなかった。「ごめんなさい、気が利かずに。番茶とお茶うけを取ってきますわね」と何げなく背を向けようとした櫻子の袖が、後ろざまにクン、と引っ張られた。誰の仕業《しわざ》かは言うまでもない。

「？　どうなさいましたの、伊織お姉さま」

何か不便でもあったのだろうか、と緑の目を瞬いて振り返る櫻子は、伊織がその澄んだ双眸《そうぼう》を当惑に揺らしているのに気がついた。

「ええと、その……。さ、櫻子……？　さん、は、……どうしてわたしに、こんなによくしてくださるのでしょう……？」

おどおどと視線を畳に落とし、伊織は声を掠《かす》れさせる。

「お着物もだし、さっきだって……お義母《かあ》さまから、身を挺《てい》してわたしを庇《かば》ってくれました……よね」

ごめんなさい、痛かったでしょう。そう言って、淡い青紫の瞳を辛そうに細め、じっと櫻子の頰《ほお》を見つめてくる。ああ、と櫻子は母に張られたところに手を添えた。確かにヒリヒリはするけれど、今の今まで忘れていたほどだ。そう答えると、「ごめんなさい」と再び謝りつつ、胸の前で小さく拳を固め、異母姉は自分の方が痛そうな顔をした。

いきなり姉だと紹介されて、あなただって困っていないはずはないのに。伊織はそう続ける。

「わかっているんです。このお家の皆さんにとって、わたしは……きっと歓迎されざる存在でしょう。わたしのせいで……暮らしの平穏を壊してしまうかもしれない。それを知っているくせに、行くあてもないからと流されるまま安易に来てしまってよかったのかと、……今からでも出ていくべきなのではと。……後悔《こうかい》、していて」

お義母さまはもちろん、あなたにとっても、わたしのせいで、失うものがあったはずなのに。そう言って、美しい顔を憂《うれ》いで曇らせたまま俯《うつむ》く伊織に、櫻子は「……ううん」と首を捻《ひね》る。なんと返したものかと。ついでに、最初の未来視での彼女の姿に、色々と得心がいったものだ。

(このかたは、そんなふうに考えていたのね。だから、だったんだわ)

罵声《ばせい》を浴びせられて泥水をかけられても、使用人よりもきつい家事を全て押し付けられても。どんなにいびられ抜こうと、伊織は決して、母や櫻子に反抗することはなかった。

それは彼女がその身に尊《とうと》い霊獣鳳凰《ほうおう》を降ろしてからも変わらずで――やろうと思えば、その優れた異能でも千年帝《せんねんてい》の妃《きさき》候補としての立場でもなんでも使って、いくらでもやり返すことはできたはずなのに。ただじっと、我慢して耐え忍ぶだけだった、その理由は。

――ごめんなさい。わたしのせいで。

罪の意識が根底にあるから、ずっと己に苦行を強《し》い続けてきたのだ。だとすれば。

(なんて、善良で……真面目《まじめ》な人なのかしら)

櫻子は胸が痛んだ。

かなりやの見せた――何もしなければ将来確実にそうなるはずだった――自分ときたら、そんな彼女の内面なんて知ろうともせず、自分の辛さ悲しさばかり目を向けては、伊織を虐《いじ》め続けていたわけである。改めて性悪《しょうわる》がすぎる。でも、それはもう終わった話だ。櫻子はこれ以上苦しむつもりはないし、伊織のことだって無為に苦しませたくはない。

ついでに、櫻子は嘘が苦手だ。腹芸も絶望的に下手《へた》くそだ。ありもしない悪知恵を絞《しぼ》って不得手な嘘を頑張ってついたところで、結果がどうせろくでもないものになるのはわかりきっている。この際、話せることは素直にとっとと吐いておきたい。

（そういえば最近、かなりやの予知は、すでに実現したものに関しては口外しても構わないと、お医者さまに確かめたところだったわ）

やや思案してから、櫻子は意を決して切り出した。

「あのね、お姉さま。実はわたくし、前々から知っておりましたのよ」

「……知っていた、って？　何を……？」

「あなたという異母姉がいること。それから、わたくしが十五の時に、あなたがこのお家にいらっしゃること」

「え……」

驚いて目を瞬かせる伊織に、当然の反応よねと内心苦笑しつつ、櫻子は説明を加える。

「この緋鳳院侯爵家はじめ五綾家が、代々、その身に霊獣を降ろして得た異能によって繁《はん》栄《えい》してきたのは、お姉さまもご存じでしょう？　わたくしにも十《とお》の時に、異能が発現しましたの。わたくしのもとに来てくださったのは、かなりや、という舶《はく》来《らい》の小鳥の姿をした赤い鳥神さまでした。その力は、未来予知」

「未来、予知……」

呆然《ぼうぜん》としたように繰り返される。人に話すと障《さわ》りがあるので秘密にしてくださいませ、と唇に人差し指を押し当てて頼むと、伊織は驚きを隠せない表情を保ちながらも、コックリと頷いてくれた。

「だからちょっと、ずるっこをしたようなものですわね。もちろん、当時は戸惑いましたわ。それなりに葛藤《かっとう》だってございました。お父さまが他所《よそ》で夜を過ごすたびに、お母さまが涙を堪えていたのも見ておりましたし。今も、何も感じていないわけではなくてよ。……それは否定いたしません」

ずっと、己こそが緋鳳院の長女、正統なる唯一の血筋を継ぐものだと言われて育ち、厳しい躾《しつけ》にも耐え、どんな時も誇り高くあるよう己を律してきた。それだけが拠《よ》って立つものだったとすれば、きっと理不尽な現実に耐えられなかっただろうとも思う。

木綿布《もめんぬの》にほの暗い情念ごと突き刺すように刺繡《ししゅう》を続けることで、辛《かろ》うじて散らしていた、母の行き場のない苦しさやるせなさも。櫻子はずっとそばで見守ってきたのだ。

「でもそれは、あなたのお母さまとわたくしのお母さまの問題であって、わたくしたちの間に持ち込むべきものではございませんわよね」

「それは……」

「わたくしはわたくしだし、あなたはあなた。お母さまはわたくしにとって大切なお母さまだけれど、あなたにとっても……あなたのお母さまには、ちゃんとご自身の思いがおありでしょう？　そんなふうに単純に考えたら、新しくお姉さまができるのは、わたくし嬉しいかなって」

　ずっと長女として気を張ってきたし、一人娘だから耐えなくてはいけないこともあった。姉に同じものを押し付けるのはごめんだけれど、ともに戦う仲間ができるのなら、それはそれで心強いことじゃないか、と。そんなふうに櫻子は考えたのだ。

（もちろん、お母さまの受けてきた痛みだってないがしろにしたくはないわ。……どうやったらお母さまを納得させながら上手《うま》く関係を納められるのかは、これから少しずつ模索していくことになるけれど。やってみなくちゃ何もわからないじゃない）

　ちらりとよぎった続きは胸にしまう。姉に負わせることもない話だからだ。

「それにわたくし、誰かに衣装や小物を見立てるのが大好きですのよ！　伊織お姉さまみたいに綺麗《きれい》な人に似合うものを探すのなんて初めて。年が近い姉妹ができるのだって初めてだもの。初めて尽くしで楽しみにしていたから、存分に覚悟してらしてね！」

「……」

　腕まくりして勢いこむ櫻子に、やや気圧《けお》されたように。ぱちぱちとけぶるような長いまつ毛を上下させて目を白黒させていた伊織は、やがて、ゆっくりと緊張を解いていく。

それから、ふわりと。艶《つや》やかな淡紅の口許を綻《ほころ》ばせてみせた。——それは、この屋敷に入ってから、彼女が初めて見せる笑顔だった。

(まあ！　本当に天女のよう)

櫻子は思わず見とれてしまう。

「ありがとう、……これから、よろしくお願いします」

「はい！　こちらこそですわ！」

＊

そこから、櫻子の試行錯誤《しこうさくご》の日々が始まった。

当然といえば当然ではあるが、母はその後も、伊織に何かとちょっかいをかけようとしてきた。その対応をどうするか。

(まずは伊織お姉さまに、できるだけ気後れさせないことだわ！　そして、自分は独りきりだなんて感じさせないようにしなくては)

うんうん唸《うな》りつつ、とにかく櫻子は考えた。

結果。

まずは人前でわかりやすいように、率先《そっせん》して聞こえよがしに「伊織お姉さま」と呼ぶ。母が彼女に、やれ雑巾を縫《ぬ》えだのそれ飯炊《めした》きをしろだの床を拭けだのと、何くれと用事を言いつけては使用人のように働かせようとするのには、「わたくしもやりますわ！」と、一緒に掃除《そうじ》したり台所に立つ。

着る物を与えようとしないのは、初日に実践《じっせん》したのを継続して、「わたくしのを使って」と先んじて衣装を渡す。

何より、可能な限り姉と母とが鉢合《はちあ》わせないように。

これには特に心を砕《くだ》いた。すると櫻子が頭を悩ませているのを察してか、それこそ姉のように親しんできた女中たちが我先にと力を貸してくれるようになった。気立てがよく穏やかな伊織は、櫻子が少しばかり仲立ちするだけで、すぐさま彼女らに好かれたのも大きいだろう。みんなこっそりと母の動きや予定を先に伝えてくれるので、それを隣室にいる伊織に流してから、部屋を出る時間をずらすのだ。場合によっては櫻子が囮《おとり》になって母の気を逸《そ》らさせる。

なおかつ、初日にきちんと腹を割った話ができたからか。櫻子の作戦に、「気を遣わせてしまっているわ……」と申し訳なさそうにしながらも、伊織はとても協力的だった。

――こうして諸々《もろもろ》と、〝母に伊織を傷つけさせない〟ため、苦しい策を講じながら。櫻子は一つだけ、心に定めていたことがある。

それは、「母の行為を、直《じか》に否定しない」ということだ。

(伊織お姉さまが孤独を感じてはいけないけれど、そのせいでお母さまが孤立しても、意味がない)

櫻子がすべきはあくまで「伊織と一緒にいること」だけであって、「伊織と一緒になって母を非難すること」ではない。櫻子は、母の様子に今まで以上に気を配った。何かと連れだって出かけようと誘ったり、縁側に座って親子二人でお茶を飲みつつゆっくり話したり。毎度「泥棒猫の娘に構いすぎじゃないか」という母の険《けん》を帯びた言葉を「そうでしょうか」と朗《ほが》らかに受け流しつつ、女学校での生活だとか、習い事の進捗《しんちょく》だとか、日々のよしなしごとを共有することに、ことさら重きを置くようになった。

翠子は、伊織には厳しいけれど——櫻子にとっては、やはりかけがえのない母なのである。第一、母と同じ立場に置かれた時、同じように振る舞わずにいられる自信はない。現に一度、かなりやの夢では、櫻子とて嫉妬《しっと》という鬼に駆られて自滅しているのだから。

そんな櫻子の複雑な心中を察して、伊織は色々と気を遣ってくれてもいた。

(伊織お姉さま。綺麗で気高くて、本当に、素敵な人だったのだわ)

こうしていがみあいなく共に暮らすようになってから、姉の内面に触れていくにつれ、櫻子はしみじみと感じ入っていた。死んでしまった「もしも」の自分は、なんてもったいないことをしていたのだろう、と。

そんなこんなで、細かなさざなみは立ちつつも。伊織を迎えた後の櫻子の毎日は、なかなかに充実して過ぎていったのである。

＊

「――というわけで、この間はお姉さまとこっそり深草《ふかくさ》であんみつを食べて参りましたのよ。学校帰りの買い食いははしたないけれど、ちょっとどきどきして楽しくて」

『なるほど。君が楽しいのは結構なことです。でも、そのお蔭《かげ》で、ずいぶんと長い間、私は櫻子さんに会い損《そこ》ねているわけですね』

伊織が緋鳳院邸に住むようになってから、はやふた月ほどが経過した、ある昼下がり。いよいよ秋も深まって、冬が近づいてきたころ。

かじかんだ両手で耳に受話器の金属部を押し付け、久方ぶりに電話で冬夜と語らっていた櫻子は、機械越しにも分かる許嫁《いいなずけ》のやや不貞腐《ふてくさ》れたような声音《こわね》に、思わず白木の筐体《きょうたい》を見つめてしまった。

「あら、冬夜お兄さまったら。そういうお兄さまこそ、このところお仕事が立て込んで、わたくしがお伺《うかが》いしてもすれ違い続きだったじゃありませんの」

『それは思い出すにつけ口惜しい限りなのですが、同じにされましてもね。あいにく私は一途《いちず》ですから、君のように他の誰ぞにうつつを抜かしたりはしませんよ』

「うつつを……って言い方！　ですから、相手はお姉さまだって言っておりますでしょ」

『もちろん知っていますよ。でも、伊織……さん？　でしたか？　その新しい姉ぎみは、私がそばにいない間も四六時中君とくっついて、同じ食卓を囲んで君の手料理を食べて、私の知らない日頃の話を気兼ねなく語りあったりしているわけでしょう。と思うとまあ、面白くはないです』

「……手料理も何も。わたくしばかりが作るのではなく、お姉さまだって並んで台所に立ってくださいますもの」

『ほう。それは聞き捨てなりませんね。私も君と一緒に料理がしたいです』

「冬夜お兄さま！　もう」

あからさまに声が拗《す》ねているばかりか、とうとう謎のわがままで吹っかけ始めた冬夜に、櫻子は思わず呆《あき》れてしまった。

「それじゃ今度は、姉をご紹介しますわね。またお出かけしてもいいし、わたくしたちで烏花蛇のお屋敷までお伺いするのもいいかも。本当は……お会いできていないのは、わたくしも寂しいんですのよ。もうずっとお顔を拝見しておりませんもの」

　最後にちらりと本音を滲《にじ》ませると、それでようやっと、冬夜は得心したらしい。『いえ、……おとなげなくてすみません。でも、君の大切な人に会うのは、私も楽しみなんですよ』と調子を和《やわ》らげた。

　櫻子だって冬夜と会いたいのだ。夜刀《やと》の鱗《うろこ》が入ったお守り袋を時折取り出しては、中身を手のひらにあけて物思いに耽《ふけ》るくらいには。彼が同じ気持ちでいてくれることも嬉しくて、つい頰《ほお》が緩《ゆる》んでしまう。そこから、いつも通りの近況報告やら、他愛《たわい》ない談笑をポツポツとした後。

『あ、そうだ。櫻子さん』

　ふと、何か思い出したように冬夜が声を上げるので、「なんですの？」と櫻子は自然に先を促す。

『君が好き』

　穏やかな調子のまま——あまりにさりげなく告白されたので。櫻子は思わず、耳から離して受話器を凝視した。すっかり沈黙した櫻子をよそに、冬夜は当然のように続ける。

『五年も待ったのに、あと三年は長いな。もう明日結婚しませんか。そうしたら私も、君の周りにいる誰かの存在に、いちいち気を揉《も》まなくて済むと思うんですよ』

「な、な、なんですのいきなり……！」

なんて心臓に悪い人だ。思いきりあたふたしつつ、かろうじて動かせた口で、櫻子は苦情を言った。これが電話でよかったと心底思う。膨《ふく》らませた頬も、それがりんごみたいに染まっていることも、ばれずに済むから。

(冬夜お兄さま、禍霊《まがつひ》から助けてくださった日から、こういうのが増えたわ！)

思わず憤然《ふんぜん》となる櫻子である。あの後、互いに気持ちを通わせてからというもの、冬夜は歯に衣着せない物言いが多くなった。早い話が、好意をあけすけに伝えてくるのだ。

「君相手に遠慮《えんりょ》していると何も伝わらないことがよくわかりました」とも言っていたから、まあわざとなのだろう。慣れていない櫻子はそのたび赤くなったり煩悶《はんもん》したりで、──腹立たしいことに、彼にはきっと櫻子が驚くのをおもしろがっている節もある──兎《と》に角《かく》してやられっぱなしなのである。

またしてもあからさまにうろたえる櫻子の反応に、案《あん》の定《じょう》、冬夜は『あはは』と軽快に笑った。

『いえ、ね。さっきわがままをたくさん言わせてもらいましたから。この際せっかくの機会なので、本音を追加で盛っておこうかと』

「なぁに、その理屈！」

つい櫻子も噴き出してしまう。それからしばらく電話越しに笑い合った後、名残惜《なごり》しいが、お開きの時間になる。

「それじゃお兄さま、お仕事お気を付けて」

『君も、あまり無理をしないようにね』

話し終えた後、かちゃん、とかすかな音を立て、受話器を筐体に戻す。途端に、しんと室内に満ちた静寂に、思わずため息をついた。

（やっと冬夜お兄さまとお話しできた……）

櫻子が私事でバタバタしていたのもあるが、彼が忙しかったこともあり、電話すら久しぶりだったのだ。耳に残る甘い余韻《よいん》に浸りつつ、一抹《いちまつ》の寂しさを覚えていた櫻子は、チョンチョンと後ろから肩を叩かれて振り返った。

「櫻子ちゃん、ごめんなさい。……お邪魔しちゃった？」

視線の先には、女学校から戻ったばかりの伊織が、気遣わしげな面持《おもも》ちで立っていた。

櫻子の通う帝都第一女学校は枠が埋まってしまっていて、先般、第二の有名校である姫倭文《しどり》女学校に編入した姉は、つい今しがた帰宅したところらしい。紺色《こんいろ》の木綿地《もめんじ》に胸元だけ撫子《なでしこ》の刺繍《ししゅう》を加えた振袖《ふりそで》に、鏡を模した校章のブローチを留め、臙脂《えんじ》の袴《はかま》をつけた制服姿は、彼女の清楚《せいそ》な容姿によく似合っていた。一ふさだけ結った黒髪には、お決まりの白《しろ》椿《つばき》の花かんざし。

「伊織お姉さま！　いいえ平気ですわ、今終わったところでしてよ」

いつもは帰りの時刻が同じくらいなので待ち合わせるのだが、今日は櫻子が学校都合で早上がりだったのだ。このふた月ですっかり見慣れた異母姉の姿に、櫻子は相好《そうごう》を崩した。伊織もふんわりと微笑《ほほえ》み返してくれる。紫陽花色《あじさいいろ》の双眸《そうぼう》が和《なご》み、撫子色の唇が柔らかく弧を描くこの瞬間が、櫻子は好きだった。しかし、この次に姉が何気なく放った言葉は不穏な内容だ。

「そういえばさっき、玄関のところでお義母《かあ》さまとすれ違ったの」

「！　それは……お姉さまは大丈夫でしたの？」

「ええ。ありがとう……少し睨《にら》まれたけれど、何も。ふふ、それよりもね、これ。気づかれなかったわ！」

どきりとする告白にやや青ざめる櫻子に対し、今度の笑みには少しばかり悪戯《いたずら》っぽい気色を混ぜた伊織が示したのは、袴下の帯に取り付けた、水鳥——雁《かり》を模した寄木《よせぎ》の根付け飾りだ。秋に倭文に来て越冬し、春に寒い北へと渡っていく雁は、冬の風物詩である。

「まあ！　やった！　それじゃ今日は、わたくしたちの勝ちね！」

その言葉を受けて、櫻子はたちまちぱあっと喜色満面に浮かべた。

何せ今日は、櫻子も着る物にちょっとした仕掛けを施《ほどこ》している。半襟《はんえり》に染めつけてあるのは、水墨画風《すいぼくが》の葦《あし》の図柄。雁と葦といえば、冬の取り合わせの定番なのである。

何かといえばこのところ、櫻子と伊織との間では、母の目を盗み、着物やら小物やらに二人でお揃いの意匠《いしょう》をこっそり紛《まぎ》れ込ませるという〝悪戯《しぎ》〟が流行《はや》りなのである。母に気取られたらその日は負け、やり過ごせたら勝ちという仕儀である。

発端は、少し前に、櫻子が伊織にとあるお願い事をしたことだ。『せっかく姉ができたのだから、何かお揃いのものを身につけてみたい』というわがままに、伊織は快《こころよ》く「それじゃあよかったら、お互いの髪飾りを交換してみましょう」と申し出てくれた。伊織はここに来た時から白椿の花飾りをつけていたし、櫻子は昔から薄桃色の乙女椿《おとめつばき》のかんざしが日頃の定番だ。喜んで乗った櫻子だが、二人の持ち物が入れ替わっていることに早々に気づいた母が、カンカンに怒ったのだった。

萎縮《いしゅく》する櫻子を庇《かば》って伊織が「わたしが櫻子さんのと取り違えたんです」と言ったものだから、母はますます逆上し、小一時間の説教の後、伊織は夕飯を抜かれてしまった。

「ごめんなさい、わたくしのせいで」と夜遅くに握り飯を差し入れながら平謝りする櫻子に、当の伊織はけろりとして首を振ったものだ。

――気にしないで。それじゃ次は、お義母さまにわからないようにやってみましょう。

これまたかなりやの予知夢《よちむ》では知りえなかった一面だが、この姉は、どうしてなかなかしたたかなところがあったらしい。とはいえ素敵な提案には嬉々として乗るべきだ。以降、折りを見ては姉妹で示し合わせ、この細々した試みを続けているのである。

「前に萩《はぎ》の柄を、お姉さまが着物、わたくしが帯で分けて入れた時は、お母さまに呼び止められて、ちょっとひやりとしましたものね。帯揚げと帯締めとで桔梗色《ききょういろ》を揃えた時はばれてしまいましたし」

「帯留を鶴と亀にしたのは平気だったわね。対《つい》のものは、パッと見ただけではやっぱり分かりにくいのかもしれないわ」

「わたくしたちの作戦勝ちですわね」

「ふふ、そうね」

この〝お揃い計画〟は、山椒《さんしょ》や辛子粒《からしつぶ》のように、日々にピリッとした刺激を与えてくれる。母にはちょっと申し訳ない気もするが、どうかお目こぼし願いたい。それに、三年後に輿入《こしい》れを控えた櫻子が、伊織とひとつ屋根の下で暮らせる時間は限られているのだ。白く美しい面《おもて》をふんわりと綻《ほころ》ばせる姉と、櫻子は手のひらを合わせて笑い合った。

「そうだわ。お祝いに、お夕飯の後に、わたくしのお部屋でこっそりバタキャラメルをいただきませんこと。この間、伊織お姉さまとお茶する時にって買った、とっときのがございますの」

「まあ、素敵。それじゃ一緒に宿題をして、それから刺繍の続きをしながらどうかしら」

「それはいいですわね！　でも、ちょうど難所に差し掛かったところですっけ……。お手柔らかにご指導お願いいたします。それにしたってお姉さまはどうして、お手本も見ずに刺繍枠の中にすいすいと絵柄を縫《ぬ》っていけるのかしら。魔法みたい」

「そこはそれ、単なる慣れよ。櫻子ちゃんだって、分量を計らずにお料理の味付けをするじゃない」

「あんなもの。お姉さまの超絶技巧とは違いましてよ。単なる慣れですもの……あっ」

「ほら、おんなじね？」

顔を見合わせ、それから二人して、またどちらともなく噴き出した。

――この二か月で、櫻子は伊織と急速に仲良くなった。

櫻子は伊織を「お姉さま」や「伊織お姉さま」と呼び、伊織は櫻子を「櫻子ちゃん」と呼んでいる。会ったばかりの頃は緊張して硬かった伊織の口調は、周囲に誰もいない時には、すっかり打ち解けたものになっていた。

（姉妹のいる生活って、こんなに楽しかったのね！）

一緒にこっそりお出かけして甘いものを食べたり、夜遅くまで洋燈《ランプ》を点しては、小遣いを出し合って買った少女雑誌を読みながらとめどなくおしゃべりしたり。年頃の娘が二人揃えばそれだけで話に花が咲き、何はなくとも目が合うだけでコロコロ笑い転げる。そんな毎日は、新しいことの連続だ。

なお、お裁縫《さいほう》がめっぽう不得意な櫻子に比べ、伊織はその辺り、お手のものだった。ここ最近は女学校の宿題で針仕事が出されるたび伊織に泣きつく櫻子だが、「櫻子ちゃんは一生懸命に聴いてくれるから教えがいがあるの」と快諾《かいだく》してくれる伊織には、邪険にされたことなど一度もない。「逆に、当たり前にやってきたことをとっても褒《ほ》めてくれるから、なんだか自信がつくわ」とまで優しく言ってくれ、すわ本当に天女であったか……と櫻子は感動したものだ。

もちろん母と姉の間に横たわる亀裂は依然そのままで、櫻子の手前、あからさまないじめは減ったが、冷戦状態に落ち着いている。

（そうだわ。キャラメルを食べながら、お姉さまに冬夜お兄さまを紹介する提案もしてみましょう。少し緊張するけれど……今なら、きっと悪いことにはならない気がするもの）

順風満帆《じゅんぷうまんぱん》、とまではいかないまでも。物事は、確実に良い方へと向かっている。こうして道を少しずつ切り拓いていけば、櫻子も冬夜も、そして母も伊織も。みんながそれぞれに、傷つけ合わずに気持ちよく過ごせる日がきっとくるはず。

この時の櫻子は、そう信じて疑わなかった。

そんなこんなで晴天続きの空模様に、何やら暗い雲がかかってきたのは――さらに少しばかり時を下ってのち。

かなりやの予知通り、伊織が鳳凰《ほうおう》をその身に降ろすことになった折のことだ。

＊

その日は、櫻子が思っていたよりもひどくあっさりと訪れた。

初冬にしては暖かく、天気のいい午後のことだ。櫻子と伊織は、女中たちと一緒に、庭掃除《そうじ》で集めた落ち葉焚《た》きをしていた。

伊織が白い腕をのべて枯れ枝を一本くべた瞬間、突如炎が膨《ふく》れ上がり、中から大きな鳥が羽ばたき出たのだ。形こそ孔雀《くじやく》に似ていたが、橙色《だいだいいろ》の羽は火焔《かえん》そのものの輝きを放ち、広げた翼は大樹《たいじゆ》にも届く。驚いて立ちすくむ伊織、腰を抜かす女中たちと違い、その美しい巨鳥の正体を、櫻子は誰よりもよく知っていた。

崇高《すうこう》なる霊獣鳳凰が、緋鳳院の長女に宿った――その報せを受けた父は、出仕を切り上げて邸《やしき》に舞い戻ってきた。

「でかした！　鳳凰は龍のつがい、つまりは龍神たる千年帝の正妃となるはずだ。これで我が家門は安泰だ！　早速宮中に使いを出すぞ」

これまたかなりやの夢と寸分違わぬ台詞《せりふ》で大喜びの父は、やはり予知の通りに、さっそく実行に移したらしい。そんな父に「これまでお家のこともお姉さまのことも、ほとんど顧《かえり》みなかったのに」と、胸にかかったむずむずとしたものを呑《の》み込んだ櫻子だが、夢と違うのは、姉が無事に霊獣を顕現《けんげん》させて嬉しいのは自分も同じだということだ。そう、今度は、素直に伊織の身に起きた幸運を、我が事のように喜べるのである。

とはいえ別途、胸に何やら、もやりと影が差すのも事実で。

（そうよ。幸運……なのよね？）

父に連れられて家を出てしまったため、今、櫻子の目の前に伊織はいない。

ただ、――始終戸惑うような姉の面持《おもも》ちが。そして、父に背を押されながらこちらを振り返った時、紫陽花色《あじさいいろ》の眼が何かを訴えかけたがっている様子だったのが、気掛かりなのだ。引き止める暇もなかったけれど。

（千年帝のお妃《きさき》に伊織お姉さまが実際になったのかどうかは……かなりやの未来視では、わたくしはその前に殺されてしまったから知りようがないわ。果たしてお姉さまが幸せになれたのかも……。でも、強い異能の力を持つことは、それだけ進める道が手堅いものになるということ……そう考えて、いいのよね？）

さかしまに、鳳凰という存在はあまりに影響力がありすぎる。その名の持つ意味の大きさが、姉を縛《しば》りやしないかということも心に引っかかった。

なんにせよ、伊織と話をしなければ始まらない。まだきちんと「おめでとう」も言えていないのだ。姉が戻るまで、櫻子はそわそわしながら時を過ごした。

さて。

数刻もすれば、父も姉も邸に帰り——その晩はさっそく、緋鳳院ゆかりの華族たちや官僚を自宅に招き、伊織の霊獣降臨《こうりん》を祝う宴《うたげ》が開かれることになった。

邸内で一番広いお座敷に集まって、酒を酌《く》み交わしながら弥栄《いやさか》を言い合う男たちを尻目に、櫻子は炊事場《すいじば》と宴席とを行き来していた。当然ながら面白い顔をしなかった母は、今は父のそばで嫌々ながら酒盛りに参加しているらしい。なんなら、主役であるはずの伊織の方が、さっさと席を辞していた。

（……盛り上がっているわ）

誰もいない縁側で、空《あ》いた器《うつわ》を重ねて炊事場に運ぶところだった櫻子は、ふと足を止めて障子《しょうじ》越しに宴席を見つめた。格子《こうし》で区切られた白い漉《す》き紙の向こうは明るく、たくさんの人影が蠢《うごめ》き、ひっきりなしに笑い声が響いてくる。父の声は一際《ひときわ》大きく、追従する華族たちの声にも聞き覚えがある。母の声は聞こえなかった。

「……櫻子ちゃん」

ぼうっとそのさまを見つめていたところ、急に声をかけられ、櫻子は顔を上げた。深い葡萄色《ぶどういろ》の振袖《ふりそで》に、銀欄《ぎんらん》の丸帯《まるおび》を締めた伊織が、どこか青い顔色をして立っている。父の出仕に付き添った格好のままのようだが、着物は夫婦和合を願う縁起物《えんぎもの》の貝合わせ柄で、帯揚げは帯色と対にしたように鮮やかな紅絹。何もかもが「いかにも」婚礼を匂《にお》わせるような取り合わせで、櫻子は、どことなく違和感を覚えた。姉の意向ではあるまい。

「お姉さま！　お疲れさまでした」

とはいえ、昼間に見送ってから、ろくに話せていなかった伊織のことを気にし続けていた櫻子である。その姿を認めるなり駆け寄った。

「お父さまとご一緒だったのですわよね。長い時間、大変だったでしょう」

縁側の端に大盆ごと食器類を置き、櫻子は姉の顔を覗《のぞ》き込んだ。対する伊織は、一度櫻子の名を呼んだきり、俯《うつむ》いて黙りこくったまま。気分でも優れないのかと案じつつ、櫻子が「そうだお姉さま、鳳凰の降臨……」と、言い損ねていた祝辞を述べかけた時だ。

「……どうしましょう、櫻子ちゃん。わたし、怖い」

紙のように白い面《おもて》の中で、唯一薄く色づいた唇を開き。伊織は震える声でそう告白した。櫻子は思わず瞠目《どうもく》する。

「怖い？　……まさか宮中で何かありましたの？」

「いいえ、違うの……。今日は、ずっとわけがわからないままだったから、怖いなんて気持ちを覚える暇もなかった。そういうことではなくて……鳳凰を降ろしたのが、怖い」

「それは……」

確かに伊織は、今までずっと、五綾家どころか華族にも関係ないところで育ってきたのだ。急に緋鳳院に来ただけでも相当な心理的負担だろうに、その上いきなり最高位の霊獣のあるじに選ばれたなどと言われても、混乱するし恐怖でしかないのかもしれない。実際に櫻子だって、十歳でかなりやを顕現《けんげん》させた時は、高熱を出して倒れたわけで。

「お姉さまが驚くお気持ち、とってもわかります。わたくしもそうでしたもの、大丈夫。いずれ慣れますわ。わたくしたちは直霊《なおひ》の依巫《よりまし》。霊獣は、宿主となるものに決して害はさないんですもの」

「ありがとう櫻子ちゃん……心配をかけてごめんなさい。ええ、そうね、鳳凰が私の味方をしてくれるのは、なんとなくわかっているの。でも、わたしが、……怖いのは」

きゅっと一度唇を噛《か》み締め、伊織は言い辛《づら》そうに思いを吐き出した。

「……わたし。千年帝の妃になんて、なりたくないわ」

「！　……え」

「ここに来たときも怖かった。お母様を亡くして、わたしに居場所なんてないのにって。これからずっと一人なのかと、途方に暮れた。でも、あなたが……いてくれたもの」

伊織は不意に櫻子の右手をとって、己の両手で包み込む。

「千年帝の妃になれば、わたし……また独りになってしまう」

「……お姉さま」

やっと、伊織の感じていることがわかった。

怯《おび》えているのだ。

目まぐるしく変わる状況に、心がついていけないのだろう。――当たり前だ。なぜなら彼女は、緋鳳院に来てからも、さほど時は経っていない。やっと親しんできたと思った環境から引き剝《は》がされる気持ちを思えば、たとえ同じ立場にいるのが櫻子だったとしても、きっと挫《くじ》けそうになるだろう。

櫻子の手を祈るように己の額に押し付ける伊織に、櫻子は空いた左手をそっと伸べ、その薄い肩に触れた。そして、あえて明るい声で断言する。

「いやだ、伊織お姉さまったら。何をおっしゃるのやら！　離れていてもわたくしたち姉妹ですのよ。わたくしだって烏花蛇に嫁《とつ》ぐけれど、その後も、ずっと会いにきますもの。お姉さまの居場所が宮中でも、それは同じことでしてよ。毎日だってお土産《みやげ》を持っておしゃべりに参りますわ。むしろ、頻繁《ひんぱん》すぎて鬱陶《うっとう》しいと門前払いなさらないでね」

一息に言うと、淡紫の瞳を揺らしてこちらを見つめ返す姉に、力強く頷《うなず》いてみせる。櫻子としては、今思いつく中で、一番これがいいのではと判断した激励《げきれい》だったのだが。

「……」

なぜだろう。──伊織からの返事はしばらくない。

「そう、ね。そうだったわ。……蛇に嫁いだら、櫻子ちゃんは蛇のものになってしまうのね」

やがて伊織は、ポツリとそれだけつぶやいた。

（……伊織お姉さま？）

櫻子は首を傾《かし》げる。懸念《けねん》を取り除くどころか、あいも変わらず姉は表情も浮かない上に、目を伏せたその気配が、少しだけ不穏なものを帯びた気さえして。

「……ありがとう。もう大丈夫よ。櫻子ちゃんに変に心配かけてしまって、……ごめんなさいね」

しかし、疑問を覚えたのはほんのわずかな間のみ、すぐに暗い空気は霧散してしまう。

謝って微笑《ほほえ》んだ伊織の顔つきは、いつも通りの優しいもので。――それに櫻子は笑い返しつつ、不安を拭《ぬぐ》いきれずにいた。

＊

鳳凰《ほうおう》降臨から数日後。

やはり伊織の表情はどこか精彩を欠いたままで、櫻子はやきもきしながら見守っていた。母との関係だけ注意していればいいと思っていたが、まさか霊獣、それも最高位のものが降りたことが、逆に心を圧迫するだなんて。思わぬ落とし穴だった。

一緒におやつを食べたり学校帰りにおしゃべりをして、気が晴れるのは一瞬だけだ。現に、伊織のそばで親身になって彼女のことを考えている人間が誰かといえば、母は論外で、父も何か違う気がする。女中たちは皆助けてくれるが、その厚意をこちらから頼みにするのは筋違いだろう。女学校に友人もいるだろうけれど、心を開いて何もかも気楽に話せるかと言えば、姉の控えめな性格からして難しいかもしれない……。

(お姉さま、やっぱり気が塞《ふさ》いでいらっしゃるわよね)

(そうよ。そもそも味方が少ないのも問題なのよ)

姉を励《はげ》まし、悩みの根を断つにはどうすればいいのか。それからの櫻子は、またもしばらく唸《うな》りながら考えた。かなりやが顕現したわけでもないのに、うっかりと知恵熱を出しかけたほどだ。

やがて櫻子が出した結論は、かなり単純なものだった。

（やっぱり伊織お姉さまを、冬夜お兄さまに紹介しよう。それで、心を開いて話せる味方を増やせばいいんだわ！）

実を言えば、冬夜に伊織を会わせるのは、いまだに不安が残ってはいる。

冬夜がそうそう心変わりなどしないと信じたい気持ちがあるのに、最初に見たかなりやの未来が、どうしても胸の内を暗く蝕《むしば》むのだ。「そのうちに姉を引き合わせたい」と口では言いつつ、彼が忙しくてその時間を取れずにいることに、甘えていなかったと言えば嘘になる。

（でも、いつまでもそんなことでは、お姉さまのためにならないのもそうだし、何よりもお兄さまに失礼だわ。『あなたが姉に浮気するのを疑っているので』と言っているようなものだもの）

――君が思っているより俺は君が好きだし、俺のことをもっと頼ってほしい。かなりやの見せる未来ではなく、今の俺を見ていただけませんか。

そっと冬夜の言葉を噛み締め、櫻子は頷く。心は決まっても冬夜が忙しいのは変わらないのだ。手紙だと読んでもらえるまで時間がかかるかもしれない。かといって、電話は時間を奪ってしまうので、電報を打つほうがいいだろう。

文面をあれこれ思案しつつ、櫻子は考えを実行に移すべく動き始めた。

＊

果たして、「伊織お姉さまを早くにご紹介したい」という櫻子の提案を、冬夜は二つ返事で了承してくれた。

打診直前まで「彼がやっぱりお姉さまの方が好きになってしまったら……いえ、その時はもう仕方がないと諦めるけれど……」などと情けなくも臆病風に吹かれていた櫻子としては、電報を受け取るなりすぐさま電話をかけてきて「ちょうど姉ぎみにご挨拶《あいさつ》しておきたいと思っていたんです」と返してくれた彼に、またぞろ不安の虫が少しばかり騒いだものだ。が、すぐに「おばか！　信じるって決めたところでしょう！」と気合で潰しておいたことを付記しておく。一度切り替えればあとは迷わなかった。

次に、冬夜の反応を受けて、姉にも「はなからお父さまやお母さまと一緒だと緊張してしまうし、わたくしたちだけの気軽な席を設けたくて」と切り出すと、これまた「それはいいわね」と承知してもらえた。人見知りのきらいがある伊織にしては即答だったので、「よろしいんですの……？」とこちらには不安というより疑問が頭を占《し》めた。

しかし「考えてみれば、お姉さまはこのお家に来てから、女学校でのお友達以外で年の近い人に会うのは初めてかもだし、まあ楽しみにもなるかもしれないわよね」と思えば、前のめりなことにも納得がいく。

なんにせよ、冬夜も姉も乗り気ならそれに越したことはないのだ。「そうね。……櫻子ちゃんの許嫁《いいなずけ》のかたですものね。それはぜひ、……ぜひにお会いしたいわね」と言った時の姉の眼差《まなざ》しが、口元の柔らかな微笑みと相反して何処《どこ》かピリリとした鋭さを帯びていたのは、おそらく幻覚だろう。ちょっと雰囲気《ふんいき》が怖かったのも気のせいだ。

そういうわけで、数日ののち。父経由の外堀から母もうまく言いくるめ、晴れて約束の日を迎えたのだ。緋鳳院邸だと父母の目が気にかかるだろうと、冬夜の配慮《はいりよ》で烏花蛇邸の離れにある応接室の一つを貸してもらえることにもなった。

冬夜と会う時は鬼門鎮守《きもんちんじゅ》に出向くことが多かった櫻子には、まだまだ不慣れな烏花蛇邸である。刻限ぴったりに訪れた櫻子と伊織を、くだんの大きな門扉《もんぴ》の前であらかじめ待ってくれていたらしい冬夜は、久方ぶりに会う婚約者の姿に目を細めた。

なお、私的な席とあって、今日の彼は珍しく軍服姿ではない。一つ二つ首元のボタンを開けた白い詰襟《つめえり》のシャツの上から濃紺《のうこん》の長着を合わせ、黒地に銀で鱗紋《うろこもん》を染めた角帯を締めている。いつもは見ないくだけた姿だが、長身の彼には嘆息《たんそく》するほど似合っていて、櫻子はほうっと見とれかけた。危ない危ない、と気を取り直して背筋を正す。

「お久しぶりです冬夜お兄さま！　今日はありがとうございます」

「いらっしゃい、櫻子さん。それから……伊織さん？　で間違いありませんか。妹御の許嫁の、烏花蛇冬夜です」

「本日はお招きありがとうございます。ふふ、お話は櫻子ちゃんからかねがね……。櫻子ちゃんの姉の、緋鳳院伊織です。どうもお邪魔いたします」

（わあ……）

向き合ってにっこり笑みを交わしあう冬夜と伊織に、櫻子はまたぼんやりしかけた。

何せ、冬夜は言うに及ばずだが、伊織とて天女のように美しいのだ。おまけに今日の伊織は、彼女にはあまりないことに、目の醒《さ》めるような鮮やかな孔雀緑《くじゃくみどり》の振袖《ふりそで》に、総柄で鳳凰紋の入った朱の繻子帯《しゅすおび》を締めている。帯留まで鳥の意匠《いしょう》の銀細工。見目麗《みめうるわ》しい伊織が強い色彩を纏《まと》うと不思議な迫力が出るので、櫻子はやや気圧《けお》されながらも「お姉さまには珍しいけれどよくお似合いだわ」と感心したものである。

それにしても、冬夜と伊織が同じ空間にいるだけで、まるで一枚絵のようだ。

（こうやって並ぶと、美男美女で本当にお似合い……じゃなくて！　だからもう、いらないことを考えるのはやめなさいったら）

危うく潰したはずの不安の虫が復活しかけたが、踏みとどまる。──が、しかし。

冷静になると、予期していたのと多少様子が違う二人に、櫻子は首を傾げた。

（あら？　今一瞬、なんだか空気がひやっとしたというか。ピリッとしたというか）

表面上、和《なご》やかに挨拶を交わし合っているだけの二人なのだが。間に紫電《しでん》が走ったような──気のせいか。

「立ち話もなんですから、どうぞ奥へ」

冬夜に導かれて案内された烏花蛇邸の離れは、瓦屋根《かわらやね》に木造りの開放的な純倭風《わふう》建築の外観ながら、濡《ぬ》れ縁《えん》に面した障子《しょうじ》には漉《す》き紙の代わりに板硝子《いたガラス》が貼ってあり、客間は臙脂《えんじ》の花毛氈《かもうせん》が敷いてある。西洋趣味の長椅子《ながいす》は深緑の天鵞絨《びろうど》張りで、黒檀《こくたん》のテエブルには、細緻な飾り彫りが施《ほどこ》してあった。

二脚ある長椅子の片方に櫻子と伊織、もう片側に冬夜が座る形で、三人で向かい合う。

しばらくすると、黒ドレスに白いエプロンのお仕着せを身につけたメイド達が、茶菓を運んでくれた。舶来《はくらい》の紅茶の甘い香りが、ふわりと鼻先をくすぐる。お茶請けがまた珍しいもので、シュークリームだ。近年売り出されたばかりの洋菓子だが、櫻子は食べるのが初めてだった。

しかし、「これが噂《うわさ》のシュークリーム！　見るからにふわふわできつね色で、どんなお味なのかしら……」などと目の前のお菓子に思いを馳《は》せられたのは最初だけ。

——今の櫻子は、座り心地のいい長椅子に居ながら、針の筵《むしろ》に正座しているような心持ちだった。先ほどの「ひやっ」と「ピリッ」は、間違いでもなんでもなかったらしい。

「そういえば伊織さんは先般、霊獣鳳凰を降ろされたとか。おめでとうございます。父ともども祝いの席に行けず申し訳ありません」

「いいえいいえ。どうぞお気になさらないでください。実を言いますと、お祝いの席はわたしも息苦しいばかりで。もっとも櫻子ちゃんがいてくれたから、心強かったのだけれど」

このあたりまでは、「初対面なのに会話が弾んでいるわ、やっぱり気が合うのね」などと、櫻子もさしたる違和感を覚えず、平和に耳を傾けていられたのだが。

「……お二人は本当に仲がいい姉妹なんですね」

「ええ、それはもう。緋鳳院家に来たばかりで戸惑うことも多かったわたしに、櫻子ちゃんはとっても優しくしてくれて。今では毎日一緒に登校して、お料理やお裁縫《さいほう》を教え合ったり、夜も同じお布団で本を読んだりおしゃべりしながら眠ってしまうことも多くって」

「へえ、そうなんですね。わかりますよ、櫻子さんは誰にでも分け隔《へだ》てなく優しいですからね。今は立て込んでいるのでご無沙汰《ぶさた》していますが、私もよく緋鳳院邸で手作りの夕食をご馳走《ちそう》になっています。鬼門鎮守府に心づくしの陣中見舞いを届けてくれることも多いんですよ」

「うふふ、それじゃ次からわたしもお手伝いしなくちゃ」

「お気遣いなく。姉ぎみもお忙しいでしょうし、気に入っているのは櫻子さんの味付けなもので」

会話の字面《じづら》は平穏だが——雰囲気からして、だんだん雲行きが怪しくなってきたのはこの辺りからだった。

「孔雀緑の着物、お似合いですね。目玉付きの羽根を広げて威嚇《いかく》されている気分です」

「まあ、お褒《ほ》めいただきありがとうございます。そうわたし、孔雀って好きなんです。毒蛇を食べますものね。……同種の上位互換だとすれば鳳凰もそうなのかと思って」

「孔雀の餌食《えじき》というと、コブラ、とかいう異国に生息する種のことでしたかね。聞くところによるとあれ、喰らうから平気なのであって、咬《か》まれれば普通に死ぬらしいですよ」

「まあ。そうなんです？　じゃ、気をつけないといけませんのね。咬まれないよう、多くの孔雀は先に蛇の頭を潰しておくってお話ですもの。ちなみに帯留の鳥は南国にいる蛇喰《へびくい》鷲《わし》ですって。ご存じ？　わたしも絵で見たばかりだけれど、とっても優美な鳥でした」

「話くらいは。見た目は綺麗《きれい》でも、その実態は獲物をゲシゲシ蹴《け》り殺して食いちぎる、獰《どう》猛《もう》で足癖《あしくせ》の悪い鳥だとか。姉ぎみはお好きなんですか？」

「うふふ、とっても」

「変わったご趣味ですね。あはは」

（……どうしてこうなったの！）

両者の応酬《おうしゅう》と共に室内に吹き荒れる吹雪《ふぶき》に、櫻子は青ざめつつ紅茶を含む。一口目よりやたら渋く感じた。

見た目こそ、伊織も冬夜も微笑《ほほえ》んで、朗《ほが》らかに談笑し合っている。しかし、会話の内容がだんだんと剣呑《けんのん》さを増していくにつれ、櫻子が口を挟む隙《すき》がなくなってきた。むしろ迂《う》闊《かつ》に何か言えばどうなるかわからない。なんとも和気藹々《わきあいあい》とした一触即発状態である。

「あまりふざけていらっしゃると今すぐ食い殺すわよ毒蛇」「は？　やってみろよ、溶かすぞ怪鳥《けちょう》もどきが」という幻聴まで聞こえ始めた。幻聴のくせに、冬夜の方は一度しか聞いていないはずの素の口調にちゃんと変換されているあたり、なんとも芸が細かい。

なお、実際のところ、最近櫻子が姉にばかり構っているため、許嫁が取られたようで嬉しくない冬夜と、「妹の婚約者？　そんなもの、この世に存在すること自体許し難いんですが？」という心境の伊織との間で、屋敷に来る前から既に、架空の戦端は開かれていたりなどする。が、櫻子自身は知る由《よし》もない話だ。

（冬夜お兄さまは、伊織お姉さまに一目惚《ひとめぼ》れしている未来もあったはずなのに……！　というか、冬夜お兄さまの側からすら、そういう甘い雰囲気に微塵《みじん》もならないのはなぜ!?）

烏花蛇邸に来る前は、彼の心変わりを恐れて、二人を引き合わせることにあんなに怯《おび》えていた自分が馬鹿みたいだ。しかし、これはこれで困る。何せ冬夜には、伊織の後ろ盾になってもらわなければならないのだから。

（どうしましょう、予想しなかった展開に……）

ずきずきと痛む額を押さえつつ、櫻子はとうに空《から》になったシュークリームの皿を眺めて気を逸《そ》らした。ふっくらした生地に包まれた卵色のクリームはまろやかな口当たりで、香りまで甘かった。……願わくは、もう少し楽しく味わって食べたかったものだ。

――と。

「……櫻子さん？　大丈夫ですか」

ちびちびと紅茶を啜《すす》っていた櫻子は、正面に座る冬夜に声をかけられて視線を上げた。

いつの間にか、隣からは姉の姿が消えている。

「お姉さまは……」

「ああ、気づいてらっしゃらなかったんですか。先ほど席を外されましたよ」

すぐ戻られるそうです、と彼が続けたので、はばかりかなと予想をつける。一瞬だけでも謎の緊迫感から解放され、櫻子はほっと胸を撫《な》で下ろした。

「……ええと、ところで冬夜お兄さま。伊織お姉さまとは、仲良くでき」

「そうに見えました？」

「全然でしたわね！」

「ご明察です。いやあ、世に『倶《とも》に天を戴《いただ》かず』とはよく言ったものですねえ」

カラカラと軽快に笑って冬夜は「シュークリーム、私の分ももうひとつ如何《いかが》ですか。あまりゆっくり味わえてないでしょう」と対面から自分の皿をこちらに押してくれる。さすがに申し訳ないやら意地汚いやらなので断ろうとしたら、すかさず空《から》になった方の皿を引き寄せるので機を逸した。

本心を言えば、気疲れで甘いものが欲しかったのでとても嬉しい。五年も付き合いがあるので、向こうも櫻子の思考も行動もお見通しなのだろう。照れくささから少し唇を尖らせつつ、櫻子は「ありがとうございます」と頬《ほお》を赤らめた。

ついでにはたと気づく。今は絶好の機会では。

「……あの、お姉さまがご不在なので。この隙に、今回ご訪問させていただいた目的でもある、わたくしからのお願いを申し上げてもよろしいでしょうか？」

「どうぞ」

（うっ……）

切り出したはいいが、続けていいものかちょっと逡巡《しゅんじゅん》した。

何せ、先ほどの冬夜と伊織ときたら、「初対面からどうしました？」と首をもげるほど傾《かし》げたくなる一触即発ぶりだったのだ。まるで、出会った瞬間から敵と定めていました、と言わんばかり。二人とも、あんなに治安の悪い笑顔は初めて見た。

とっさに視線をさまよわせた櫻子が、何か言いあぐねたことを察したものか。冬夜も紅茶で唇を湿らせると、左右色違いの目を柔らかく細めてみせた。

「もしも私の思い違いでなければ、ですが……。それは、櫻子さんの他に信頼できる人間が周囲にいない、姉ぎみの味方になってほしい、という話ですか？」

「！」

まさに図星を言い当てられ、櫻子は目を瞠《みは》った。

「えっ、どうして」

「わかりますよ。これでも五年、君を見てますからね」

軽く肩をすくめ、冬夜は笑みを深めた。

「そして、私からの答えは『もちろん』一択です。まあ、今日の様子だと、姉ぎみご自身と良好な関係を築けるかは未知数と言いますか、これからお互い威嚇《いかく》と牽制《けんせい》……おっと、適切な距離を測り合うことになると思いますが」

「い、威嚇と牽制……」

「細かいことはさておき、そのあたりはおいおい。としても、……本音を言えばね。私は嬉しいんです」

冬夜の言葉に、櫻子は目を瞬いた。

嬉しい……？　先ほどの様子からは、とてもそうは見えなかったけれど。疑念が思いっきり顔に出ていたのか、冬夜は苦笑混じりに付け加えた。

「嬉しかった、というのはね。根っから抱え込み気質で責任感に潰されがちの櫻子さんが、何らかの事態解決のために、私を頼ってくれたことについてですよ」

「え？」

「何かあったら頼ってほしいと言ったことを、君が覚えていてくれて、応えてもくれた。それが俺にとっては最優先事項なんです。自分にとって気に喰わない相手の味方をするなんて些細《ささい》なことは、どうでもよくなるくらいにね」

「……そんなことが、ですの？」

「ええ。そんなこと、ではなく、それこそが。なにせ蛇は一途《いちず》ですから」

ご理解いただけましたか、と。冗談めかして締めくくる、聞き親しんだ穏やかな声が、鼓膜《こまく》にじんわりと浸透し。そこから心臓にあたたかなものを染み渡らせていくようで。櫻子は唇をキュッと引き結んで、小さく頷《うなず》いた。

（そうだわ。この人がいてくれたら、なんでも乗り越えられる気がする……）

その「あたたかなもの」の名前は、勇気という。

冬夜と一緒なら、きっとこの胸にかかる茫漠《ぼうばく》とした靄《もや》も晴らすことができる。将来に怯《おび》える伊織の不安も、ちゃんと彼女の納得できる形で解決していく方法が見つかるはずだ。

自分だけでは心もとなかったけれど――

（それにしても冬夜お兄さまったら、相変わらず言葉が直截《ちょくさい》すぎですのよ）

なんだか気恥ずかしくなって、正面から機嫌よくニコニコと微笑んでいる彼から、櫻子はふいと視線を背けた。すると、膝に置いていた手を彼の冷たい指で包まれてしまい、ますます顔を上げづらくなってしまう。

しかし。

（……あら？）

そこでふと、妙なことに櫻子は気づいた。

冬夜と己との間には、天板の広いティーテエブルがある。卓の位置から各々《おのおの》の長椅子《ながいす》までも、余裕を持たせた配置になっていたはず。

つまり、――正面に座っている冬夜が櫻子の手を取ることは、席を立って不自然に身を乗り出しでもしない限り、物理的に不可能なのだ。……では、今この手を握るのは？

（……これは）

冷たい汗が背に滲《にじ》む。ゆっくりと視線を横に滑らせ、櫻子は改めて己の手を見た。

そして、その手首から先が、袖口《そでぐち》から緋色《ひいろ》の覗《のぞ》く、赤ふきの白無垢《しろむく》に包まれているのを目に収めた。光沢《こうたく》のある布に織り出された、松食い鶴と蛇籠《じやかご》の地紋。

（は、……花嫁衣装……！）

いつの間にか、自分は長椅子に腰掛けているのではなく立ち上がっており。おまけに場所も変わっている。烏花蛇邸には間違いないが、場所は玄関口だ。とっさにあたりを見回せば、青空を背景に、桜吹雪《さくらふぶき》が視界に舞い込む。

（まさか、また……⁉　お、お兄さまは⁉）

正面にいる彼の顔を、櫻子はおそるおそる見上げようとした。その瞬間だった。

ブジュウ、と何かを切り裂くような、湿った音が響く。

同時に、眼前に立っていたはずの冬夜が、大きく脇に身を傾《かし》げた。前髪に隠れた顔よりも、その首筋から勢いよく噴き出した、鮮やかな紅に目を奪われる。ばたばたと土砂降りの大雨に似た音を立てて、生ぬるい液体が櫻子の上から降り注いできた。

「冬夜お兄さま……⁉」

櫻子は悲鳴を上げ、横ざまに地べたに倒れ込んだ彼の傍に膝をついた。慌てて助け起こそうとして、さらに絶叫して手を引っ込める。礼装軍服の黒い詰襟《つめえり》の奥にある首は、今にももげ落ちそうなほど肉がごっそりと抉《えぐ》られ、地べたへととめどなく血潮《ちしお》が流れ出している。数度、大きく痙攣《けいれん》したのち、冬夜はピクリとも動かなくなった。

――絶命したのは明らかだった。

「う、そ……？」

呆然《ぼうぜん》と櫻子は呟《つぶや》く。血を吐いたその口元に触れると、白の打ち掛けが、己のものではない赤でべっとりと重く濡れた。胸元も袂《たもと》も、まるで紅染めの衣装を着ているように。

「嘘！　嘘でしょう。お兄さま。冬夜お兄さま、お兄さま……お願い、起きて……！」

目の前で起きたことが信じられず、掠《かす》れ声で呼びかけながら体を揺するが、応えはない。まだ温かいそれは、けれど、どこまでも物言わぬ骸《むくろ》でしかなかった。

――と。

そこで櫻子は、倒れた冬夜の向こう側に、誰かが立っていることに気がついた。誰か、

――というより、何か大きなものを従えた人影が。

はっと顔を上げた櫻子の視界いっぱいに、炎色の巨大な翼が閃《ひらめ》く。

「口ほどにもないのね、毒蛇」

冷え冷えと、玲瓏《れいろう》な声が、静まり返った場に満ちた。

「い、伊織お姉さま……？」

そこに立っていた人物を見つめ、櫻子は震える声でその名を呼びかけた。白い頬《ほお》に飛んだ返り血を繊細《せんさい》な指で拭《ぬぐ》い、鳳凰《ほうおう》を背にした異母姉は、にっこりと微笑《ほほえ》みかけてくる。

「はじめからこうすればよかったんだわ。馬鹿ね、わたし。どうして思いつかなかったのかしら……」

ゆったりとした足取りでこちらに歩み寄ってくると、伊織は、へたりこんで絶句する櫻子のそばに腰を下ろし、優しく抱き寄せた。

逃げることも叫ぶこともできず、櫻子はされるがままだ。全身が凍りついたようで、呼吸もままならない。ひっ、ひっ、と短く喉《のど》が震えるが、声も出なかった。

「これでもう、あなたは蛇なんかに嫁がなくていい。どこにも行かずに済むのよね？」

そんな櫻子の様子を慮《おもんぱか》るように、少しだけ身を離し。引き攣《つ》ってわななく頬を、伊織はうっとりとなぞってきた。

一面の雪原のように白くて寂しい婚礼衣装なんかより、今の華やかな紅いお着物の方がよく似合う。……甘い声でそう語る、紫陽花色《あじさいいろ》の虹彩の奥にある瞳孔《どうこう》は、すっかりと開きり。そこに、櫻子は深淵を見た。果てのない、真っ暗な闇を。

「櫻子ちゃん。お願いよ……わたしを一人にしないで。ずっと、ずうっとそばにいてちょうだい。だって、わたしたちは姉妹なのよ。あなたがそう言ってくれたのだもの。ねえ、そうでしょう?」

血まみれになってなお、姉は天女のように清純で美しい。その美しさが恐ろしい。

「けれどもし、あなたがどうしても、わたしのもとから去ると言うのなら」

「お、姉、さ……」

「──一緒に、死んで?」

撫子色《なでしこいろ》の唇がつややかに弧を描くのを、確かに見たと思った瞬間。

ブツン、と何かが千切《ちぎ》れるような音と共に、櫻子の意識は暗転した。

──誰かが、己のすぐ耳元で、大音量の絶叫を迸《ほとばし》らせている。女のものらしい金切り声《かなきごえ》は化鳥の断末魔《だんまつま》のようで、ひどく耳障《みみざわ》りだ。

ああ、うるさい。お願いだから、もう少し静かにしてほしいのに。おかしい。文句を言いたくても、自分の声が出ない。

(違うわ。これ……わたくしの喉から……?)

「……櫻子さん‼」

「櫻子ちゃん!」

思い至ると同時に、親しみ深い声が二つ、すぐ頭上から降ってきて。櫻子は、はっと目を開いた。――開いたことで、今まで己の視界が閉ざされていたことにも気づく。

「……⁉」

最初に目に飛び込んできたのは、己の顔を覗き込んでいる冬夜と伊織の顔だ。その向こう側に、見慣れない天井が見える。意図せず墨流《すみなが》しに似た木目を凝視しているうちに、だんだん気持ちが落ち着いてきた。

「あ、の、わ、わたくし……?」

口を開いて驚く。びっくりするくらい声がしゃがれている。一拍遅れて思い出したが、そういえば先ほどの大絶叫は自前だったのだった。喉が嗄《か》れてしまったのか。

(ここは、……ひょっとして烏花蛇のお屋敷のまま?)

どこだ。どこからが夢だ。

記憶を洗おうとしたところで、冬夜の首筋から鮮血が噴き出す光景まではっきりと思い出してしまい、櫻子は口元を覆《おお》った。

しかし、今目の前には、五体満足で伊織と冬夜とが揃っている。ひどく心配そうな面持《おももち》の他は二人とも平然とした様子で、血みどろの修羅場《しゅらば》があった後とは思えない。

「烏花蛇さまに、客間を貸していただいたの。ああ、無理をしないで、まだ寝ていていいのよ」

何も言えずに目を瞬くばかりの櫻子の心を察したように、傍に正座していた伊織が説明を加える。やはり迷惑をかけてしまったらしい。枕から頭が上がらないままだった櫻子は、起きあがろうともがいた。慌てて伊織と冬夜が同時に背に手を添えて助けてくれる。

どうにか上体を起こせたところで、冬夜が眉《まゆ》をひそめた。

「櫻子さん、話している途中に、また急に倒れたんですよ。隣室に医者に控えてもらっていますが……ひどい熱も出ています。苦しいところはないですか?」

「頭が痛いですわ……あと少し、気分が悪いかも……」

おまけに、額の奥でミシミシギシシとひどい軋《きし》みがする。まるで、下手《へた》な演奏家が脳内に住みついて、手入れされていない弦楽器ばかり好き勝手かき鳴らしてしているような心地だ。めまいと、恒例の吐き気も襲ってきた。控えめに言って最悪である。

思い出すのは夢の中で見たばかりの、——目の前で色違いの双眸《そうぼう》に憂《うれ》いを湛《たた》えてこちらを見つめている許嫁《いいなずけ》の、凄惨《せいさん》な死に様。血染めの婚礼衣装と、炎色の巨鳥を侍《はべ》らせて嫣然《えんぜん》と微笑んでいた、これまた今はおろおろとこちらの様子を気にするばかりの姉の姿も。

この、昏倒《こんとう》してから熱を出す定型が来たということは。つまり、さっきの夢は――かなりやの。

(ではわたくしは、今度は何を間違えたというの……?)

直前まで、冬夜には伊織の後ろ盾になってもらい、少しずつ姉の不安を取り除いていこうと話していたはず。そのどこに問題が……? 駄目だ、混乱して冷静に考えられない。

「……うぷ」

急に猛烈な嘔吐《おうと》感が襲ってくる。思わず顔を真っ青にして口元を押さえた櫻子に、「どうしました⁉」と血相を変える冬夜の肩を、伊織が摑《つか》んだ。

「烏花蛇さまは出ていらして」

「は? 伊織さん、ですが」

「出、て、い、ら、し、て?」

有無を言わせぬ調子で迫る伊織に、冬夜は思わずといったふうに櫻子を見た。とっさに激しく何度も頷《うなず》く。お姉さまありがとうございます。素晴らしい援護です。

こちらを気遣わしげに振り返りつつも冬夜が無事に追い出されると同時に、伊織は立ち上がってピシャリと襖《ふすま》を閉め、返す手で枕元にあったタライをひっつかむ。

「乙女心《おとめごころ》のわからない殿方《とのがた》ね。大丈夫？　櫻子ちゃん、はい」

「お、……オロロロロ……！」

――間一髪《かんいっぱつ》。姉の機転により、許嫁に醜態《しゅうたい》を晒《さら》すのは回避できた。

＊

毎度のことだが、物理的にひとしきり吐くと頭が冴える。

今なら賢者と呼ばれても差し支えない頭脳になっている気がする。知らないが。

（それにしても、新しいかなりやの未来予知……いくらなんでも、予期しない方向にすっ転びすぎじゃなくて⁉）

あらゆる意味でぐったりだ。

背中をさすってくれる伊織に甘えつつ、櫻子は心底疲れ切っていた。

（お姉さまと仲良くなったら、仲良くなりすぎて死亡とか。もうどうしたらいいのよ！）

混乱して黙り込んでいるうちに、お口に出せないというかお口から出したというか、なあれやこれやの片付けも無事済んで、医者を連れた冬夜も戻ってきた。

診察の後、「今晩はお二人とも泊まっていかれるといいでしょう。緋鳳院には先ほど知らせを出しておきましたから」と冬夜は苦笑した。穏やかな声にホッとしていると、今度は伊織が、「櫻子ちゃん、飲める……?」と、湯呑《ゆの》みに入った温かい葛湯《くずゆ》を差し出してくれる。蜂蜜《はちみつ》と柚子《ゆず》の皮が入っているのか、爽《さわ》やかな甘みと香りに心を慰められた。

すぐそばに、こちらを案じているのがありありとわかる瞳が二対《つい》。金と赤、紫陽花色《あじさいいろ》のそれらを見つめているうち、櫻子の翡翠《ひすい》の眼に、じわりと熱が滲《にじ》んだ。

「う……」

喉《のど》から低い嗚咽《おえつ》が洩《も》れ、同時に涙腺《るいせん》が決壊する。

「櫻子ちゃん?」

「櫻子さん?」

ボロボロと大粒の涙をこぼし始めた櫻子に、二人ともギョッとしたようだ。狼狽《うろた》えるのも同時で、さっきまで仲が悪かったのに気が合うなあ、なんて思った瞬間、いよいよ止まらなくなる。彼らは各々《おのおの》、泣き続ける櫻子の背をさすったり、励《はげ》ますように手を取ったりしてくれた。

(優しい、……冬夜お兄さまも伊織お姉さまも。どっちも失いたくない)

どんなに逃げても、死の運命が追いかけてくる。

これはもう、自分がいるからいけないのではないか。

（初めからわたくし一人がお邪魔虫で、疫病神《やくびょうがみ》で。わたくしなんかがいるから、二人はすれ違ったり剣呑になったり、どうしようもない未来に向かってしまうのではないかしら。わたくしのせいで）

そんなことを考えると、妙に色々と辻褄《つじつま》が合う気もして。

なんだかもう辛《つら》くて切なくて、どうしようもなくなってしまい。とうとう櫻子は、しゃくり上げながら吐露《とろ》した。

「ご、ごめんなさい。全部わたくしがいけないんだわ。わたくしもう、行方《ゆくえ》をくらませます。西でも東でも、誰も知らない外《と》つ国《くに》に行きます。探さないでください」

言われた二人は、「急にどうした」な内容の告白に、思わずと言った風情《ふぜい》で顔を見合わせている。

「えっと？　さ、櫻子、ちゃん……？」

「櫻子さん。ちょっと落ち着きましょうか」

取り乱す櫻子に、ただ啞然《あぜん》として困惑する伊織に対し、冬夜は冷静なものだった。しかし、櫻子からすれば、これが落ち着いていられようかという話である。

「だってわたくしが疫病神で――」

ばしてくる。

「はい落ち着く」

静かに一刀両断すると共に、冬夜は不意に、にっこりと朗《ほが》らかに微笑《ほほえ》んだ。その表情が、あまりに状況にそぐわないので、一瞬ばかり櫻子がポカンとした隙《すき》を衝《つ》き、今度は手を伸ばしてくる。

何かと身構える暇もなく、両頬を遠慮《えんりょ》なくつままれた。そのまま、思いっきり横に引っ張られる。みょーん、と効果音がつきそうな容赦《ようしゃ》のなさだ。

「ふむっ。ヒョウヤおひいはま！」

「残念ながら私はヒョウヤになった覚えはないですよ。にしてもまあよく伸びるほっぺたですこと。餅《もち》そっくりですねえ」

にこにここと大変いい笑顔をいっさい崩さない冬夜だが、放つ空気がものすごく重い。そして冷たい。後ろに双角《そうかく》付きの巨大な蛇神がとぐろを巻いている心地すらして、櫻子は芯から震え上がった。隣にいる伊織すら、圧倒されて止めあぐねている。

いい加減頬が痛くなってきた櫻子が、別の意味で涙目になり始めたところで、冬夜はやっと解放してくれた。同時に、「あのねえ、櫻子さん」とため息をつかれる。じんじんと熱を持つ場所を押さえる櫻子に視線を合わせるように、彼は身を乗り出した。

「言いましたよね？　私のこと、頼れって」

「……え、っと」

――かなりやの見せる未来ではなく、今の俺を見て。

思い出すのは、前回の予知の後、冬夜に告げられたことだ。

目線を布団の上に落とすと、左手に光る、金色の婚約指輪が視界に入る。あの時、言葉と一緒に彼から受け取ったもの。

「はい。えっと、い、言われました、わね……」

櫻子は恥じいって顔を俯《うつむ》けた。同じ時に、自分だって彼のそばにいる覚悟を決めたはずなのに。またしてもみっともなく揺らいでしまったことが情けない。

「かなりやに未来を見せられたのでしょう。詳しいことは口に出さなくていいから、ちょっと頭の中を整理してみませんか」

「！　かなりやに未来を……って。櫻子ちゃんが前に言っていた？」

冬夜の言葉にいち早く反応したのは、そばで口も挟めず呆気《あっけ》に取られていたはずの伊織だ。その問いに、櫻子は「はい」と顎《あご》を引く。

（そういえばお姉さまには、初対面でかなりや憑《つ》きのことは話していたのだわ）

伊織は聡い人だ。追って教えてあった、『かなりやを宿す依巫《よりまし》が視た未来は、口に出すと確定してしまう』という決まり事にも、併せて思い至ったに違いない。

「櫻子ちゃん。ひとつ提案なのだけど……何を見たのかは具体的に言えなくても、その光景を見てしまった今のあなたが何を思っているかは、話してもいいのじゃないかしら」

やがてためらいがちに切り出した伊織に、櫻子はハッとする。

(そうかもしれないわ。……見たのが、伊織お姉さまが霊獣を使って冬夜お兄さまを害する光景だったなんて、絶対に言えないけれど)

重要なのは、――かなりやの予知を受けた櫻子が、どう感じたか。冬夜の方にもちらりと目を向けると、微笑んで頷《うなず》かれた。なんだか勇気づけられて、櫻子は唇を開く。

「ありがとうございます。かなりやが見せてくれたのは、本当に、あってはならないことでしたけれど……今のわたくしの気持ちを一言で表すなら、心配……かもしれませんわ」

「心配？　それは、未来がですか」

冬夜の疑問に、櫻子は首を横に振る。

「いいえ。未来云々《うんぬん》ではなく、伊織お姉さまが。……今のお姉さまが、とても孤独を恐れていらっしゃることが」

「！　櫻子ちゃん、どういう……？」

その言葉は、誰よりも伊織に響いたらしい。紫陽花色の目を軽く瞠《みは》ってから、彼女は首を傾《かし》げる。

「前から気になってはいたのです。お姉さまは、お母さまを亡くされてから孤独だったと。そして、千年帝の妃《きさき》になればまた独りになってしまうとおっしゃっていたもの」

だからこそ櫻子は、伊織の心を軽くできる味方を増やしたくて冬夜を頼った。冬夜もその意図を汲《く》んで、心境はさておき伊織の味方になってくれると誓ってくれた。

それでも未来は「ああなった」のだ。三年後の伊織にとっての味方は、今と変わらず櫻子だけで。そして、その唯一を失いたくないがために、冬夜を手にかけたということ。

——そこまで深く大切に思ってもらえるのは光栄だけれど、でも、そんな対象が櫻子だけなんて。伊織にとってあんまりだろう。

(今のままでは、ちょっとやそっとのことでは未来なんて変わりっこないのだわ。どうしたって誰かが死んでしまうか不幸になるか。もっと、ちゃんと根本的なことを解決してしまわなくては。小手先のごまかしでは意味がない)

かなりやが見せた一番目の夢では櫻子が。二番目も櫻子。三番目は冬夜。ひょっとしたら、何かを変えれば次は伊織かもしれない。母の翠子や父の巌《いわお》、なんなら冬夜の部下の玲《れい》ら鬼門鎮守《きもんちんじゅ》の面々に累《るい》が及ぶことだってありうる。

でも。初めての予知夢《よちむ》から今回のそれまで、一連を改めて振り返ってみれば。伊織がきっかけになり、さまざまな不運を招いているようにも見える——けれど。

(そんなのおかしいんじゃなくて?)

確かに、母の翠子にとって、伊織は夫の不義の子。でも、櫻子にとっては今や、たった一人の大切な姉だ。姉の存在自体が元凶だなんて、そんなこと。——あってたまるか。同じく母だって、櫻子には替え難い母だ。

(そうよ。許されないというか、わたくしが許せないのよ。だって……)

すうっと息を肺まで吸い込む。吐いたおかげで気持ち悪さは幾分マシになったけれど、喉《のど》はまだ痛いし、頭だってズキズキする。ああ、それもこれも全部。

「いや毎回倒れるたび思っておりますけれど。わたくしいくら夢の中とはいえ、割とえげつない目に散々遭《あ》ってきたのですけれど。たった今天啓を得ましたわ。あれやそれやこれも全部、そもそも大半が緋鳳院家由来じゃございませんこと? って」

「はい?」

伊織と冬夜の返事が被《かぶ》った。うん、と己の言葉に頷きつつ、櫻子は一息に続ける。むしろもう、一度話し始めたら止まらなかった。

「というか、ですわよ。元を正せばご自身の理性が管理不行き届きな割に、お姉さまの存在とお母さまとの関係から目を背け続けているお父さまのせいでは? 下半身がだらしないならだらしないで、相応の振る舞いというものがあるんじゃございませんこと?」

「ちょ、櫻子さん。下半身だらしないって、言い方……」

「だってそうでございましょう冬夜お兄さま。ええそうよ、前提がおかしいんですわよね。さんざんお母さまを泣かせて、お姉さまの存在を放置して、おまけにお姉さまのお母さまが疫病《えきびょう》で亡くなられたのを見過ごしたくせに反省の色もなく……わたくしどうして思いつかなかったのかしら。お父さまは一度、どん底まで凹《へこ》んで反省すべきなのですわ」

刺繍枠《ししゅうわく》に渡した布に、夜な夜な針を突き刺していた母の鬼気迫る形相《ぎょうそう》も。緋鳳院邸に来た時の、姉の申し訳なさそうな表情も。そして、彼女たちを見続けながら、ずっと我慢してきた己の息苦しさも。

そういうものだ、どこでも同じだ、普通は耐えている。当たり前だと思って受け入れてきたけれど。

(お姉さまとお母さまとの確執と、何よりお父さまの無関心。原因の根っこを取り払わないと、場当たり的に対処しても、運命なんて変わりやしないんだわ)

鬼門鎮守府で出会った常盤《ときわ》は、回避した危難が別の何かにすりかわることがあると言っていた。そして実際にそうだった。

では、その根っこの部分をどうにかしなければ、『姉が母を刺して破滅』もしくは『逆に、孤独になった母が姉や自分を刺して破滅』『姉が千年帝の妃の地位を使って烏花蛇と緋鳳院両家を没落させて破滅』などなど、悲劇が別の悲劇に転じ続けるだけなのでは。
（むしろわたくし、毎度毎度、殺されっぱなし発熱し通し吐きまくり倒れまくりで、だんだん腹が立ってきたんですけれど⁉）

結婚当日に許嫁《いいなずけ》に惨殺《ざんさつ》されるという初回の悪夢を見せられた時点で、櫻子は「普通の少女」ではなくなってしまった。それだけで十分に人生観を歪められ、縛《しば》られてきたのに。もうたくさんだ。殺すの殺されるのも死ぬの死なせるのもいい加減にしてほしい。

そして文句を言っても仕方ないなら、せめて悔《く》いのないよう好き勝手をさせてくれ。

不意に。肩の上に、あの小さな赤い鳥の重みを感じた気がしたが、昼間の着物を身につけたままのそこは空《から》のままだった。霊獣かなりやはきっとこう啼《な》いている。まあ、足掻《あが》いてごらんよと。――上等じゃないか。

「あの、冬夜お兄さま、伊織お姉さま。……わたくしから一つ、お二人にお願いがあるのですけれど」

意志を固めると後は早い。目の前で怪訝顔《けげんがお》をする整った顔二つを順繰りに見据えつつ、櫻子は口を開いた。

4

櫻子《さくらこ》が三度目のかなりやの予知を受けて倒れた日から少しばかり経った、とある日曜日の朝である。

緋鳳院《ひほういん》家当主こと櫻子の父、緋鳳院巌《いわお》の元に、一通の手紙が届いた。居間で洋書を片手に茶を飲んでいた着流し姿の父に、女中が「旦那《だんな》さま宛《あて》です」と白い封筒を手渡す。その様子を、櫻子は、山水画の衝立《ついたて》の陰からこっそりと見守っていた。

（いよいよだわ）

差出人を見た父が「何……？」と訝《いぶか》しそうにいかめしい眉《まゆ》をひそめるもので、櫻子はごくりと唾《つば》を飲む。彼が目を通しているその手紙の内容を、あらかじめ櫻子は知っていた。なぜなら己こそ発起人だからである。

――倭文国《しどりのくに》陸軍帝都防衛軍、北東部隊の司令部にいらせられませ、という招待状。もっとも、文官である父が、職の本分と関係のない軍施設に来いと言われて素直に応じてくれるかどうかは、いくら彼が気に入っている冬夜《とうや》の名を使ったとしても、かなり賭《か》けに近いものがあったのだが。

「ん？　……なんだこれは。どういうことだ？　陛下の御璽《ぎょじ》が入っているぞ」

中身を広げるなり眉根を寄せた父の低くボソリと呟《つぶや》く声に、櫻子は瞠目《どうもく》した。

（えっ……陛下って。まさか、千年帝《せんねんてい》のお名前で呼び出しをかけたってこと!?）

つまり、招くとは名ばかりで、実態は呼び出しに近い体裁《ていさい》になっているということだ。

（せ、千年帝の御璽を使わせていただくなんて聞いていないわ……！　冬夜お兄さまったら、一体どこからそんな伝手《つて》を！）

いや、今をときめく烏花蛇《からすかだ》家ならばこその手なのかもしれないが、伝手があったとてこんなところで使っていいものか。

当初の予定では、身内だけで済ませるちょっとした計画だったはずが、えらいことになってきた。内心冷や汗びっしょりの櫻子は、女中と父のやりとりに耳をそばだてる。

「旦那さま、お返事はどうされますか」

「是非《ぜひ》もない。すぐに向かうと電報を打ってくれ。ご要件はわからないが、おそらくは伊《い》織《おり》の一件だろう。呼び出されているのは儂《わし》のみで伊織の名は書かれておらんが、鳳凰降臨《ほうおうこうりん》のことをお尋ねになるに違いない。宮中ではなくわざわざ鬼門鎮守府《きもんちんじゅふ》へ、というのはやや気掛かりだが、きっと巡幸《じゅんこう》のご都合であろうな」

いい感じに誤解をしてくれているようで、櫻子はほっと胸を撫《な》で下ろす。とりあえず第一段階は成功だ。なお、母は別件のていで櫻子自身が連れ出す予定で、伊織は女学校の休日特別講義があるという「設定」で、あらかじめ屋敷を出ている。

いっとう上等な三つ揃いに身を包み、山高帽子《やまたかぼうし》を被《かぶ》った父が、いそいそと玄関から出ていくのを「いってらっしゃいませ」と何食わぬ顔で見送りつつ。

（よし。これからが正念場《しょうねんば》だわ）

櫻子は密かに両拳を固めた。

＊

この日を迎えるにあたって、あらかじめ櫻子は装《よそお》いを決めていた。銀ねずの地に深藍《ふかあい》で染めた青海波《せいがいは》の振袖だ。

無限に続く穏やかな大海の波模様が、恒久の平穏を祈る意味を持つという縁起物《えんぎもの》の柄である。お太鼓《たいこ》の帯は、「もういい加減に血染めになりたくありません」という気持ちを込めて朱色の綸子《りんず》。錦の帯締めを藤結びにし、「夢の中だろうと今後は死にたくないです」と、不死と藤でこれまた験《げん》を担《かつ》いでみた。すべて、延々と苦しめられ続けてきた予知夢《よちむ》の連鎖に今日こそ決着をつけてみせるという気概《きがい》の表れである。

よもや娘が、そんな裏のある勝負装束を纏《まと》ってきたとはつゆ知らず。あらかじめ手配してあった人力車を、父が先に着いているであろう鬼門鎮守府に向かわせる道すがら。上品な柿渋色《かきしぶいろ》の道行《みちゆき》の下に紺《こん》の紬《つむぎ》を身につけた母は、始終首を傾《かし》げていた。

「ねえ櫻子さん？　白金座《しろがねざ》に向かうのではなかったの？　方向が違うけれど」

「ごめんなさいお母さま、ちょっと先に済ませてしまいたい野暮用《やぼよう》がございますの」

やがて到着した大門の前で、門衛たちに「お待ちしておりました」と出迎えられ、母はさらに目を白黒させている。ちなみに今回も、出迎えにはお馴染《なじ》みの玲《れい》が立ってくれていた。「ありがとうございます、朽縄《くちなわ》さま。すみません、私事で皆様をこんなことに付き合わせて」と小声で謝罪と礼を言う櫻子に、「大尉から話は聞いてますすよ、頑張ってくださいねご令嬢」と彼は鷹揚《おうよう》に片目をつぶってくれた。

勝手知ったる敷地内を、「……本当にどういうことなの、櫻子？」と始終狼狽《うろた》え通しの母を引き連れ、ずんずんと歩く。

向かう先は、この日のために工面《くめん》してもらった——応接室の一つだ。他の部屋のような無骨な板床と違い、緋毛氈《ひもうせん》が敷き詰められたそこには、予定通り先客が二人いた。

「翠子《みどりこ》！　どうしてお前がここに」

「そ、そんなことは私が聞きたいものですよ。櫻子さんと六花《りっか》百貨店を見に行く予定でしたのに。それを言うならあなたこそ！　……それに伊織まで⁉　お前は今日、女学校の休日講義と言っていたでしょう！」

驚きのためか、父の巌は長椅子から立ち上がって大股《おおまた》に歩いてくる。父に比してずいぶんと冷静なもう一人の先客こと伊織は、席を離れる様子もなく、その後ろからちらりと目配せして微笑《ほほえ》んでくれた。

「いや、儂は陛下の急な御召集に応じて……」

「櫻子、これはどういうことなの。説明なさい！」

きっと睨《にら》みつけてくる母の前でこほんと咳払《せきばら》いして、櫻子は「少しお待ちになって」と微笑んだ。父母の動揺《どうよう》も当然である。どういうわけか、直接にはほとんど縁のない陸軍司令部の一室で、緋鳳院侯爵家が一家勢揃いしてしまったのだから。

呼び出された中で落ち着いているのは、あらかじめ事情を知っている伊織だけだ。

（なんだか、家族四人でしっかり顔を合わせたのは、これが初めてな気がするわ）

ピリリとした緊張感の中にあって、まず櫻子が覚えたのは、そんな呑気《のんき》な感想だった。

――伊織が来てから、だけではない。こうして、父と母がしっかり顔を見合わせて会話しているのも、その場に自分がいるのも。ずいぶん久しぶりな心地がする。

そこでさらに、コンコンと軽く扉が叩かれる。全員がはっとそちらに注視する中、顔を覗《のぞ》かせた新たな来訪者は、もちろん櫻子には承知済みの相手だ。

「失礼。ああ、皆さんお集まりでしたか。ちょっとお邪魔しますね」

この室の提供者である、冬夜だった。

場所が場所だけに、今日はいつもの軍服姿だ。彼があまりに普段通りの様子で、秀麗《しゅうれい》な面《おもて》ににっこりと笑みを浮かべるものだから。父も母も呆気《あっけ》に取られたようで、すっかり言葉を失っている。

「冬夜くん？　こ、これはどういうことなんだね。儂はこの書状をいただいて来たのだが。陛下はどちらにおいでなのか……」

まず我に返ったのは父だ。これに冬夜が答える前に、素早く櫻子が挙手する。

「今回お父さまとお母さまを呼びだしたのは、わたくしですの」

「はあ⁉　聞いておりませんよ！」

「何⁉　お前が？　だ、だが！　ここに、確かに陛下の御璽が……！」

途端に顔を見合わせて口々に不満を述べる父母に「黙っておりましたことは謝りますわ」といけしゃあしゃあと返しつつ、櫻子は続ける。

「けれど、どうしても必要なことなのですわ。詳細は申し上げられませんけれど、今後この緋鳳院家に訪れる災《わざわ》いを避けるため、お運びいただいた次第です」

「緋鳳院家に訪れる災い……？　それは、お前の霊獣にまつわることか？」

その説明でいち早く納得したのは父で、母も遅ればせながら「あ、ああ！　そうなのね。かなりやの……」と手を打つ。

かなりやの危険予知は、決して人に話せない。その決まり事も同時に思い出したらしく、彼らはやっと平常心を取り戻したようだ。なお、あらかじめ〝こちら側〟で情報共有している伊織は、何食わぬ顔で、ここまで無言を貫いてくれている。

「それで櫻子。その、災い……とやらの内容は聞けんとしても、だ。こんなに回りくどい真似《まね》までして、まさかの軍部まで巻き込んで、何のために儂らを集めたのだ。いい加減に話してもらわねばならんと思うが」

「はい。理由なんて至極《しごく》単純なこと。お父さまにお母さま、それから伊織お姉さまとに、――お互いきちんと話をしていただくためでございます」

「……は？」

父と母の、気の抜けた返事が被《かぶ》った。「なんのことだ」と顔に疑問を墨書《すみが》きしたような反応を受け、櫻子は深く息を吸い込むと。

「いい加減にしていただきたいんですのよ」

丹田《たんでん》に力を入れ、翡翠色《ひすいいろ》の目で二人を順繰りに見据えた。

「今の緋鳳院家の空気がギスギスしているのはお父さまもお母さまもご承知でしょうし、ついでにわたくし大変過ごしにくいのですけれど。この際きちんと本音をぶつけ合いましょうってお話ですの。と申しますか、この不穏剣呑物騒揃い踏みの原因を正せば、全部――お父さまのせいではございませんこと？　家庭を蔑《ないがし》ろにして他所《よそ》で子どもを作って、その子を引き取ったら引き取ったで無関心ってなんですの？　ふざけてらっしゃるの？　責任って言葉はご存じ？　是非辞書でお引きになって。自分勝手が過ぎましてよ！」

立て板に水でまくしたてるうち、今まで散々かなりやの予知でさんざんな目に遭《あ》い続けた恨みつらみも相まって、だんだん怒り心頭に発してきた。

「お父さまは、今まで！　お母さまが、幾度眠れぬ夜を過ごしたかご存じ!?　それを幼い頃からずっと見てきたわたくしが、どんな気持ちだったとお思いですのよ！」

父を睨《にら》んで、涙を溜めた目で櫻子は叫んだ。

「お父さまにはお母さまに謝っていただきたいの。そして、もちろん伊織お姉さまにも謝ってくださいな。今日の一番のご用事はそれでしてよ！」

「言わせておけば、女子《おなご》ふぜいが……！」

しかし、相手には全く響かなかったどころか、――逆にその神経を逆撫《さかな》でしてしまったらしい。気づけば父は、握りしめた拳をわなわなと震わせていた。

（やっぱり、怒らせた……）

父が激昂《げっこう》するのは予想していたこととはいえ、いざ直面すると反射的に心臓が縮《ちぢ》む。十分にみなぎっていたはずの気勢が途端にすぼみ、櫻子は思わず身をすくめた。

「お前は栄えある緋鳳院家の長女に産まれておきながら、今までそんな他責《たせき》的でいい加減な気持ちで育ってきたのか。今の世で庶子など珍しくもないものを、いちいちこの父のせいだとあげつらって恥をかかせるために、こんなところまで呼び立てたのか？　ええ？　他家や公儀《こうぎ》を巻き込んで、小賢しい策を弄《ろう》してか？　ふざけるな、は儂の台詞《せりふ》だ」

そこへ直れ、と命じると、父は勢いよく腕を振り上げた。

静観していたはずの伊織が、「櫻子ちゃん！」と焦って叫ぶ声が聞こえる。

（殴《なぐ》られる！）

風切り音に、櫻子は目を瞑《つむ》る。――しかし、予期していた衝撃は、いつまで経っても訪れない。

恐る恐る開いた視界には、まず真っ先に黒い軍服の腕が飛び込んできた。

「緋鳳院のご当主ともあろう方が、議論を放棄して暴力頼みとは感心しませんね。そんなもの、より強い力を持ったものに簡単にねじ伏せられてしまいますよ。こんなふうに」

穏やかな笑みを浮かべた冬夜が、櫻子の頬《ほお》を張る直前の父の腕を摑《つか》み、やすやすと止めている。父は拘束《こうそく》から逃れようと身を捩《よじ》ってもがいているが、泰然と構える彼の腕はびくともしなかった。後ろでは母が、状況についていけずに口を開け閉めしている。

「や、やめなさい冬夜くん。儂は忙しい。そんなくだらん用件なら帰らせてもらうぞ」

やっとのことで冬夜の手をもぎ離すと、父は忌々《いまいま》しげに吐き捨てた。

「お待ちを」

そのまま、扉に向かって横をすり抜けようとした父を、冬夜は静かな声で呼び止めた。

「ご当主、話は全く終わっていませんが」

「そちらが終わっていなくてもこちらは終わりだ。第一、君も君だぞ。誇り高き五綾《ごりょう》家烏花蛇の次期主たる男児が、小娘のたわごとなんぞに公私混同でわざわざ付き合うとは何事かね。嘆《なげ》かわしい。お父ぎみにはきちんと話をさせてもらうぞ」

「どうぞご自由に。ですが、ご当主は書状の御璽《ぎょじ》をご覧になって来たんですよね？　念のため。あれ、本物ですよ」

「……な!?」

ぎくりとしたように父が振り返った瞬間、冬夜は目をすがめた。

「時にご当主。確かお持ちの霊獣は、鷹《たか》でいらっしゃるとか」

「そう、だが……」

「では忠告を一つ。勘違いしないでいただきたいのですが。私は〝櫻子さん〟を妻に迎える気なのであって、〝緋鳳院家の娘〟を娶《めと》るつもりではありませんよ」

――不意に。

冬夜の帯びる気配が明らかに鋭さを増し、思わず櫻子はこくんと唾《つば》を飲み込んだ。

口調も表情もあくまで変わらないまま。緋色《ひいろ》と金色、色違いの一対《つい》。その中央の瞳孔《どうこう》が、きゅうっと縦長に引き絞《しぼ》られる。まるで、蛇そのもののように。

「残念ながら、貴殿のおっしゃる小娘のたわごとが、私には何より優先すべきものでしてね。櫻子さんが私に『頼みがある』と言った。それを叶えるためなら、私は烏花蛇の家柄も、なんなら軍での地位も捨てて構わない。無理矢理ここを通るのも手ですが……」

ぱきぱきと音を立て、詰襟《つめえり》から覗《のぞ》く彼の首筋や頬にかけて、銀色の鱗《うろこ》が覆《おお》っていく。氷柱《つらら》が逆さまに育つようにこめかみから盛り上がる金色の一角は、先日、禍霊《まがつひ》と対峙《たいじ》した時には見せなかったものだ。

夜刀神《やとのかみ》を半顕現《はんけんげん》させた冬夜は、そちらを凝視したまま凍りついたように動けない父に向かい、にいっと薄い唇の端を吊り上げてみせた。

「――夜刀を向こうに、野禽《やきん》ごときが敵《かな》うとお思いか？」

瞳の石化毒を使ったわけでもないだろうに、それだけの威嚇《いかく》で巌は、すっかり震え上がってしまったらしい。

「い、いや、儂は……だが、は、話があるなら、て、手短に、だな……」

途端にモゴモゴと口籠《くちご》もりつつ、父がその場に踏み堪えた時だ。

先ほどまで椅子《いす》にかけたまま、黙って一連のやりとりを見守っていたはずの伊織が、やおら立ち上がる。それからツカツカと父の元に歩いてきたかと思えば――

ぱん、と乾いた音が、応接室に響き渡った。

(え、お姉さま⁉)

さすがに櫻子も唖然《あぜん》とする。

――なにせ伊織が一切の躊躇《ちゅうちょ》もなく、父の頬を張り飛ばしたものだから。

「わたし……〝お父さま〟には、ずうっと言いたかったことがあるわ。でも言えませんでした。……そういうものか、と思っていたから」

でももう我慢はやめました。硬い声音《こわね》でそう告げると、姉は言葉を切った。紫陽花色《あじさいいろ》の美しい瞳に、ゆらりと強い意志が揺れる。

「わたし、望んであなたの娘に生まれたわけでも緋鳳院の血を継いだわけでも、鳳凰を降ろしたわけでもありません。母の死に様をご存じですか？　わたしを育てるためにたったひとりで体を壊すまで働いて、肺を病み、血を吐いて苦しんで。知りやしないでしょう」

だってわたしも、あなたの顔すら知らなかったのだから。伊織は吐き捨てるように告げると、娘に張られた頰を呆然《ぼうぜん》と押さえる巌の顔を睨みつけた。

「だのに今さら……どうして、わたしがあなたに従順にしなくてはいけないのですか？」

憎しみすらこもった眼差《まなざ》しで、今までの鬱屈《うっくつ》を粛々《しゅくしゅく》とぶつける伊織に、父はみるみると顔を赤くした。それが恥じいったのではなく怒りによるものとは、引き攣《つ》ってわななく頰で知れる。

「黙れ！　第一、勝手に姿を消したのは佳奈《かな》……いや、お前の母親の方だろうが！」

「ではなぜ、母を探してくれなかったのですか！　迎えに来るなら、どうして母が病に倒れる前でなかったの。お腹にわたしが出来たことで、……女中としてお世話になった緋鳳院家やお義母《かあ》さまに迷惑をかけるからと、それで母は家を出たのに！」

（！　そうだったの）

かなりやが見せた一度目の予知では、伊織の母親についての話は、父からも母からも聞かされたことはなかった。真相を知って櫻子は瞠目《どうもく》する。佳奈、という名も初めて知った。父とどのような経緯でそうした仲になったかはわからないが、このご時世にあって勤め先の女主人の心情を思いやるとは。きっと根が真面目《まじめ》な人だったのだろう。それは、伊織を見ていてもよくわかる。

（ご病気で亡くなったのが具体的にいつかは聞いていないけれど……未来を知っていたわたくしに、できることはなかったのかしら。なんて、今更だわ……）

ちらりと後悔《こうかい》がよぎり、なんとも言えない苦味が口の中に広がる。やるせなさに俯《うつむ》く櫻子とはさかしまに、伊織のこの啖呵《たんか》に、父の方はますます逆上したようだ。

「生意気な！」

怒鳴り声に続き、バシッ、と先ほどより鋭い音が鳴る。

「お姉さま！」

細く悲鳴を上げて伊織が横ざまによろめいたことで、父がその頬を思い切り叩き返したと気づき、櫻子は青くなった。助け起こそうと駆け寄る前に、巌は姉の胸ぐらを摑む。

「情けをかけてやった下女の娘の分際で……！」

血管を赤く浮かせた目で、父が再び腕を振り上げる。

「お父さま、何をするんですの⁉　おやめくださいませ！」

櫻子が、とっさに止めようと足を踏み出しかけた時——今度は、ゴンッ、とさらに大きく鈍い音が響き渡った。

「——あなたが！　お黙り‼」

腹の底から搾《しぼ》り出すような震え声のもと、呻《うめ》いてふらついた父が膝をつく。

その後ろに立っていたのは、己の身の丈ほどもあろうかという巨大な東大陸渡りの飾り壺《つぼ》を両手で摑み、怒気を全身から燻《くゆ》らせて仁王《におう》立《だ》ちする、母の翠子だった。

（お、お母さま……？）

ひょっとして、殴ったのか。それで、父を。

巌が押さえているのは後頭部なので、よくぞ意識を失わなかったものだと櫻子は妙なところで感心する。

もはや何がなんだか。ぽかんとしていた櫻子は、同じく巌を止めようと動きかけていた姿勢のまま固まった冬夜と顔を見合わせる。なお、何が起こったのかわからないのは、父も同じだったらしい。

「あ痛っ、……ちょっ、と待て翠子お前、何をする」

「何を？　……ですって？　それをあなたがおっしゃると？　……はあ？」

母の目は完全に据わっており、なんなら瞳孔が縦に細く伸びている。感情が昂《たかぶ》った時に、己の霊獣が半顕現してしまうのは依巫《よりまし》にはよくあることで。そういえば母は銀虎家の傍系《ぼうけい》である下級華族の出で、立派に猫憑《ねこつ》きだった。

「いいえあなた今日という今日は言わせていただきます。私が何十年耐えてきたと思って？　ずっと文句の一つも言いたかったのは、本当は伊織にじゃありませんよ！　あなたにですよ！　しかも、頑《かたく》なに伊織の母親の名を明かさないと思ったら、よりによって家の者に手を出していただなんて！　商売女でも度し難いのに、……あなたという人は！　あなたという人は‼」

金切《かなき》り声《ごえ》で叫ぶと、母は、尻餅《しりもち》をついたままの父を叩き潰すかのように巨大壺を振りかざす。見たこともない程に怒り狂った母のこの形相《ぎょうそう》に、父はすっかりすくみあがってしまったらしい。

「待て、落ち着け翠子。は、話せばわかる」

「わかるものですか！　そこにお直り！　あなたを殺して私も死にます‼」

「あら、お二人とも死ぬのは勝手ですが少し待ってください。わたしはお義母さまにだって言いたいことがたくさんありますけど！」

——いつの間にか。

父母に伊織、三者それぞれに入り乱れ、さほど広くもない鬼門鎮守府の応接室は、なかなか口に出すのも恐ろしい惨憺《さんたん》たるありさまになっていた。

「……」

怒鳴り合い摑み合い、叫び合い罵《のの》り合い、まさにみつどもえの大喧嘩《おおげんか》である。しまいには興奮しすぎて、お互い霊獣が顕現したり半顕現したり。

伊織は鳳凰、父は鷹。母は三毛猫。鳥の羽毛が舞い散り、猫の威嚇《いかく》やなにがしかの割れたりぶつかったりする音がこだまし、備品の壺やカップや蓄音機《ちくおんき》まで飛び交うさまをやや遠巻きに眺めやりつつ、櫻子は額を押さえた。

（じ、……地獄絵図……！）

大喧嘩と言ったが訂正《ていせい》する。――これはもう、合戦だ。

確かに本音で語り合える場が欲しいとは思っていた。が、ここまでしてくれとは言っていない。

原形を留めぬ何かの破片が床に散らばり、収拾《しゅうしゅう》がつかなくなりつつある光景を前に、櫻子はもう呆然と佇《たたず》むしかない。どうしよう。

（ではなく、こんなことしていたらそのうち、騒ぎを聞きつけて軍の皆さまが飛んでくるのでは……）

ふと疑問がよぎった時に、冬夜が「おやまあ、派手な。さて、どうしたもんでしょう」と呟《つぶや》いた。色を失った櫻子とは違い、ずいぶんのんびりした調子だ。

「応接室じゃなく修練場を借り上げた方が正解だったかな。周囲から人払いしといてよかったですね、櫻子さん。そして私は始末書かな」

顎《あご》に手をやり、しれっと微笑する冬夜に、櫻子は慌てて「ご、ごめんなさい、冬夜お兄さま」と頭を下げた。

「まさかここまでのことになるなんて。お借りした部屋ですのに……こんな騒ぎ、皆さま駆けつけていらっしゃらないかしら」

烏花蛇邸を訪れ、予知で倒れたあの日に。

櫻子は、伊織に「口だけでなく手を出してもいい、後のことも一切気にしなくていいから、一度父と母に本音でぶつかってほしい」と頼んだのだ。

そして冬夜への頼み事は「どこか場所の貸し出しと、叶うならば父を呼び出す口実作りに協力してほしい」である。あの、歪んだまま安定を保ってきた日常に風穴を空けるには、普段どおりではだめだ。緋鳳院邸内では、きっと誰も本音なんて出せやしない。

しかし伊織はまだしも、完全に冬夜は巻き込まれただけ。貧乏くじもいいところなのだが、彼は目の前の事態にも頓着《とんちゃく》する様子はない。「お気になさらず。割といつものことなので」と、にこやかに請け合ってすらいる。……いつものこと、なので？

「うちは、司令官の碧魚宮《へきなみや》中将が奇人変人の代名詞……ではなく稀代の面白がりですのでね。誰も来やしません。後始末さえどうにかすれば、まあ好きにやれとお墨付《すみつ》きをもらってもいます。だから櫻子さんは安心してくださいね」

「えっ、それはそれでどうかと思いますけれど……いい加減、止めた方がよさそうな気もいたしますし」

「それはどうでしょう。なんだか大丈夫そうですよ、あの様子だと」

「？」

言われてみれば。

あたりはいつの間にか、少しばかり静かになっている。

冬夜に指さされるがまま櫻子が恐る恐る喧嘩の現場を見ると、――壮絶《そうぜつ》な殴り合いの果てに、霊獣は三者ともひっこんでいた。

おまけに母と伊織は「あなた、それはないわ」「お父さま、さすがにないわ」で意見の一致を見たらしく。

床には、何がどうと明言は避けるが一瞥《いちべつ》して二人がかりで散々な目にあわされたとわかる父が、頭にこぶをいくつもこしらえ、なぜか服まで剝《は》ぎ取られた状態でめり込んでいた。

逆に伊織と母は、双方肩で息をしながら「ちょっとあなたやるじゃない……」「お義母《かあ》さまこそ」と互いを讃《たた》えあっている。どうしてそうなった。なお、背景の惨状については、この際深く考えたら負けだ。

気を失って倒れる父を尻目に、ふと翠子は、義理の娘である伊織をじっと見つめた。

「それにしてもお前の母が、佳奈さんだったとはねえ。……彼女のことはよく覚えていますとも。許せるかは別にして、……よく働いてくれた、気立てのいい人でしたよ」

そう言えば面差《おもざ》しもよく似ているのに、今までどうして気づかなかったものでしょうね。心の読めない平坦な調子で続け、渋面《じゅうめん》を作る翠子を、伊織もまた見つめ返した。

やがて。今度は伊織が唇を開く。

「色々と言いましたけど、……お父さまには引き取ってもらったこと、櫻子ちゃんという妹を与えてくれたこと、感謝しています。お義母さま、あなたにも」

「……別に感謝などいらないわ。お前の責ではないのに、辛《つら》く当たったことだけ、悪かったと言っておくわね」

「本当ですよ。でも、私もあなたを傷つけましたから」

ぽつぽつと交わされるやりとりに、そっと耳をそばだてながら。

(よかった……)

わだかまりが解ける兆《きざ》しに、櫻子はほっと息を吐く。自分はすっかり蚊帳《かや》の外だけれど、これでいい。

(かなりの荒療治《あらりょうじ》だったけど、……やらずに後悔《こうかい》するより、やってよかったわ)

まあ、被害はほとんど冬夜に出ているので——後のことを考えると怖い。掃除《そうじ》と補修と諸々《もろもろ》の弁償については櫻子の貯蓄全額と緋鳳院家から捻《ひね》り出すにしても、許嫁《いいなずけ》に何か深刻な処分でも下ったらどうしよう。いくら碧魚宮翁《おう》が度を越した面白がりでも、「ここまでとは聞いてない」と言われるのでは。

おっかなびっくり尋ねると、「ああ」と彼はなんでもないように片眉《かたまゆ》を上げた。

「本当に気にしなくても大丈夫なんですよ。今回の件では最強の後ろ盾がありますから。お父ぎみに差し上げた手紙、櫻子さんも、捺《お》されていた印を見たでしょう？」

「はい？　……あ」

（千年帝の御璽！）

――そうだった。そのことも訊かなければと思っていたのだ。

「あれ本当に本物だったんですの⁉」

「それはまあ。偽造なんてしたら、さすがの私も手が後ろに回ります」

「でも、陛下のみしるしなんてどうやって」

おろおろと隣に立つ冬夜を見上げる櫻子に、彼はふっと口元を緩《ゆる》めた。

「大したことでは。それに陛下なら、櫻子さんも会っているそうじゃないですか」

「……？」

（いえ。そんなすごいかた、お会いしておりませんけど……）

ニコニコと笑みを深める冬夜の本心は見えない。首を傾《かし》げつつ、「烏花蛇の威光はすごいってことでいいのかしら……」と櫻子は釈然としない気持ちで頷《うなず》くしかなかった。

「それにしても冬夜お兄さま、お付き合いいただきありがとうございます。かえすがえす、無茶ばかりさせてしまって申し訳ございません」

傍《かたわ》らの冬夜をチラリと見上げると、櫻子は何度言っても足りない礼を重ねる。

ついでに、ずっと気になっていたことも確かめてみた。

「かなりやの予知で何かがあるというだけで、お兄さま、内容もろくにわからないのによくぞここまで付き合ってくださいましたわね……あの、どうして？」

「どうしてか、ですか？」

この疑問に対し、冬夜は、赤と金の目をわずかに瞠《みは》ると。それから、なんでもないように言ってのけた。

「それはね、君が頼ってくれたから」

「……わたくしが？」

「はい。さっき私は、烏花蛇の家柄も、軍部での仕事もいらないと言ったでしょう。あれは一つも嘘ではないし、なんなら君が本気で海外に行くつもりなら私もお付き合いします」

「……ええっ⁉」

ご冗談にしたって、と驚き呆《あき》れる櫻子に、冬夜は「冗談ではなく」と首を振る。

「君が俺に『頼む』と言った。動く理由なんて、それで十分なんですよ」

「そんな、ことで？」

「ええ、そんなことで。何せ、蛇の愛は重いのでね」

目を丸くする櫻子に、冬夜はからりと笑った。五歳も年上なのにどこかあどけない、邪気のない顔で。

少年じみた、屈託ない表情に——お守り代わりにつけてきた婚約指輪が、じわりと熱を持った気がする。心臓に一番近いという指が、速まる鼓動を拾ったものか。

（どうしよう。……すごく嬉しい。嬉しい、けど）

く、と櫻子は唇を噛《か》む。

「でも、わたくしはあなたに何も返せていないわ……」

俯《うつむ》く櫻子の顎《あご》に、不意に、冷たい指が触れた。目を瞬くと、視界にふと影がさす。

「お礼ですか。それなら、ここでもらおうかな」

聞き親しんだ声が、そっと耳に吹き込まれる。近い、——そう思って、はっと顔をあげた瞬間だった。

櫻子の目の前にはいつの間にか、晴れ渡った青空を背景に、緋鳳院邸の門があった。確かに先ほどまで、ひどい有様になった鬼門鎮守府の応接室にいたはずなのに。

微風に乗って桜吹雪《さくらふぶき》が降りしきり、石畳《いしだたみ》の道に薄紅の絨毯《じゆうたん》を敷いている。己の纏《まと》う装束は、青海波《せいがいは》の着物から、美しい白無垢《しろむく》に。織り出された蛇籠《じやかご》と松食い鶴は、毎日眺めたあの反物《たんもの》から縫《ぬ》いあげたもの。純白のそれに、今は、血の汚れは見当たらない。

そしてすぐ真向かいには、軍の金飾緒勲章《きんしよくしよ》つき礼装を身に纏った冬夜が、微笑《ほほえ》んでいる。背後では紋付の羽織袴《はおりはかま》で正装してわざといかめしい顔をする父と、錦《にしき》の帯を締めた黒《くろ》留袖《とめそで》で涙を拭《ぬぐ》う母の姿。そして吉祥《きつしよう》文様の振袖《ふりそで》で美しく着飾った伊織が、優しく幸せそうに見つめてくれている――

(これ、かなりやの……)

四度めともなれば、櫻子も落ち着いていた。しかし、これまで見せられてきたものとは、決定的に違う、それ。

(すごくあったかいわ。こんな――)

こんな、風に。

自分だけでなく、冬夜も、――母や父や伊織も。みんな笑って見送られるような、花嫁御寮になれたら。父母の会話を盗み聞き、烏花蛇冬夜の名を初めて知ったあの晩から、こうやって嫁《とつ》いでいけたらと願ってきた。かなりやに幾度も見せられた危険予知から、半ば諦めてきた夢だった。

優しくて柔らかくて、いつまでも浸っていたい——そんな、理想の幸せを詰めたような眺めに。

(これが見たかった。夢でもいいわ)

櫻子は、目元がじわりと熱くなる。

透明な雫《しずく》がこぼれ落ちる前に、指先でそっと拭おうとした瞬間。

「……櫻子さん？」

冬夜の不思議そうな声が聞こえ、櫻子ははっと我に返る。

(……あ)

気づけば、景色はもとの応接室に戻っている。——やっぱり、夢だったのか。お決まりの、かなりやの見せた、危険予知。

わずかにがっかりした気持ちになりかけた櫻子は、そこでふと疑問に駆られる。

(あら？　でも、この場合の〝危険〟って……？)

考え込んでいた櫻子は、不意にくいっと顎を上向けられて、反応が遅れた。見開いた視界いっぱいに、よく知る緋色《ひいろ》と黄金の一対《つい》が迫っていて。

軽い音とともに、ひんやりと唇に触れていた感触が離れていく。

冬夜に口付けられた——それに気づいた瞬間、櫻子は顔をりんごのように染めていた。ぼぼっと頰《ほお》から湯気が噴く心地がする。

「ようこそ蛇の口の中へ。——そしてこれからもよろしく、俺の可愛《かわい》い花嫁御寮」

「っ！」

聞き親しんだ声に、ますます頰の朱を濃くしながら。こっくり頷きつつ、櫻子は先ほどの〝危険〟について、ゆるゆると思いを馳《は》せた。

とはいえ、それがどんなものであろうとも。——三年後、花嫁御寮となった自分の見る色は、むごたらしくも鮮やかな血の緋ではなく、優しい桜吹雪の薄紅になることだろう。

集英社オレンジ文庫をお買い上げいただき、ありがとうございます。
ご意見・ご感想をお待ちしております。

● あて先
〒101-8050　東京都千代田区一ツ橋2-5-10
集英社オレンジ文庫編集部 気付
夕鷺かのう 先生

かなりや異類婚姻譚

蛇神さまの花嫁御寮

集英社
オレンジ文庫

2023年2月21日　第1刷発行

著　者　夕鷺かのう
発行者　今井孝昭
発行所　株式会社集英社
〒101-8050東京都千代田区一ツ橋2-5-10
電話【編集部】03-3230-6352
【読者係】03-3230-6080
【販売部】03-3230-6393（書店専用）
印刷所　株式会社美松堂／中央精版印刷株式会社

ISBN 978-4-08-680491-2 C0193